汤姆·斯威夫特和登月竞赛

【英】维克多·阿普尔顿Ⅱ　文
燕锐锋　等图
刘庆双　等译

江西·南昌
江西科学技术出版社

图书在版编目（CIP）数据

汤姆·斯威夫特和登月竞赛 / (英) 维克多·阿普尔顿Ⅱ文 ；燕锐锋等图 ；刘庆双等译. -- 南昌 ：江西科学技术出版社, 2018.3（2024.1重印）
（汤姆·斯威夫特丛书）
ISBN 978-7-5390-5869-6

Ⅰ. ①汤… Ⅱ. ①维… ②燕… ③刘… Ⅲ. ①儿童故事 – 英国 – 现代 Ⅳ. ①I561.85

中国版本图书馆CIP数据核字(2017)第046864号

国际互联网(Internet)地址：http://www.jxkjcbs.com
选题序号：KX2016062
责任编辑：饶春垚
特约编辑：熊　玮

汤姆·斯威夫特和登月竞赛
TANGMU SIWEIFUTE HE DENGYUE JINGSAI
〔英〕维克多·阿普尔顿Ⅱ　文；燕锐锋　等图；刘庆双　等译

出版发行	江西科学技术出版社
社址	南昌市蓼洲街2号附1号 邮编：330009　电话：（0791）86623491　86639342（传真）
印刷	三河市嵩川印刷有限公司
经销	各地新华书店
开本	700mm × 1000mm　1/16
字数	114千字
印张	11
版次	2018年3月第1版　2024年1月第2次印刷
书号	ISBN 978-7-5390-5869-6
定价	39.00元

赣版权登字-03-2017-44

前言 QIANYAN

人总是离不开阅读，特别是在现代化信息时代，阅读无疑更是我们难求的一片宁静港湾，让我们有机会去感受、去体悟、去反思、去认证我们的这个世界和未来的世界。

科幻小说是一种起源于近代西方的文学体裁，在尊重科学结论的基础上进行合理设想后形成的文学作品，具备“逻辑自洽”“科学元素”“人文思考”三个要素。科幻小说与一般的传统小说不同，其特殊性在于它与科学技术的发展有着直接的联系，能让读者间接了解到科学原理。但它又是一种文艺创作，它扎根于社会现实，反映社会现实中的矛盾和问题，在科学技术发展的方向上，提供若干有参考价值的预见。有时，某些科学发明尚未出现，科幻小说里则已经进行生动的描绘，如潜水艇、机器人和宇宙航行等。

著名文学评论家布哈伊·哈桑曾说，科幻小说可能在哲学上是天真的，在道德上是简单的，在美学上是有些主观的，或粗糙的，但就它最好的方面而言，它似乎触及了人类集体梦想的神经中枢，解放出我们人类这具机器中深藏的某些幻想。

阅读科幻小说至少让我们有如下的感受：

一、文学的轻松愉悦

科幻小说的主题非常明显，它会涉及“未来”和“未知”、“科学”和“规律”、“生命”和“文明”、“生存”和“冒险”等等，每一本科幻小说都是一个全新的世界，每一次阅读都是一段全新、充满惊喜的精神旅程。

二、科学与严谨的想象

爱因斯坦说过，想象力比知识更重要，因为知识是有限的，而想象力概括着世界上的一切，推动着进步，并且是知识进化的源泉。通过阅读科幻小说，感悟其中的想象力，在人文、哲理的思索上，在思想道德意识的增强上所起到的作用是潜移默化的、是发散性的，其威力是不可估量的。

三、引发科学与理性的思考

科幻小说中的“科学方法”是一种有系统地寻求知识的程序，涉及“问题的认知与表述”“观察与实验搜集证据”“假说的构成与测试”。简单地说就是一个科学理论要经过观察、解释、预测、确认、评估、发表的程序，才能从一个假设发展成原理。科幻小说的“理性思考”就是遵从客观规律、进行逻辑分析的思考方式。

《汤姆·斯威夫特》系列曾是国外流行的科普小说，书中很多的科幻内容今天都已经变成了现实，它曾影响了几代读者，它伴随了很多人的成长。现以中文出版此书，相信书中的情节与科学，也会给中国读者带来同样的快乐体验。

目录 MULU

第一章 紧急迫降

“汤姆·斯威夫特将会是第一个到达月球的人！”巴德·巴克利很佩服地看着年轻发明家的宇宙飞船模型，这是他最新的发明。

“我希望如此，巴德。但这将是一个竞赛。我们的竞争对手，C国人，一直在告诉世界他们是最后的赢家。”

就在几个月前，身材修长的，18岁的太空先锋和他的伙伴已经在一次竞赛中击败了C国人，夺走了幻影卫星——内斯特利亚。

“我们不会让任何一个像C国这样敌对的国家，在探月技术上击败我们的。”巴德严肃地说。

汤姆边点头，边用手指梳理着他的平头。“敌人登上月球可能会给A国带来极大的危险！”

“但是，汤姆靠这么一艘破旧的航天飞机，你怎么打败他们呢？”巴德问到，“我真是丈二和尚摸不着头脑。”

对于朋友的困惑，汤姆只是会心一笑。新飞船的确是一艘外形怪异的飞行器。驾驶舱像一个庞大的箱子挂在环形铁轨框架上。

“看起来像一个改装的回旋仪，”巴德补充说。为了看得更清楚，巴德往后退了几步，又说：“你确定它能成功起飞吗？”

这位年轻的发明家笑道：“我希望它能做到的远不止这些，飞行男孩。这艘飞船应该能飞到太阳系的任何地方，不用停下来补充燃料。”

“你不是在开玩笑吧？”巴德大喘了口气说，“任何火箭飞船都要使用燃料，对吧？”

“当然，但这艘不是火箭飞船而是一艘太空飞船，从太阳获取能量。飞船上的供电设备会将太阳能转换成电流，给超级斥力提供能量。”

汤姆的基础研究帮助他发现了一种电磁辐射，这种电磁辐射以前没人知道，是由每个元素及其同位素释放出来的。这一发现的结果使得汤姆发明了斯威夫特光谱仪。后来他发明了一种装置，可以复制这种新型辐射。汤姆发现通过与原子的自然辐射得到的异相辐射，形成了一个排斥的力。如果能阻拦海水，就可以探测海底的氦气井，就像他在《汤姆·斯威夫特和深海保护罩》中叙述的那样。目前，汤姆准备使用这种力推起飞行的飞机。

“你的意思是斥力将成为飞船的驱动系统？”巴德问道。

“可以这么说。”汤姆说，“至少它可以使我们摆脱地球及太阳系其他星球的引力，推动飞船向前行驶。”

巴德拍了拍汤姆的后背，说：“天才，我想你真的是弄出了点名堂。”

“谢谢你，哥们。”这位年轻的发明家呵呵一笑说，“我已经在飞机上安了斥力，我要实验它的效果，想参加一次冒险不？”

巴德兴奋得大叫起来：“在推动科学进步这件事上，搭上我这条小命又算什么？”

两个年轻人爬上吉普车，开车穿过斯威夫特企业集团。这个地方是实验站，汤姆和他大名鼎鼎的父亲在这里研究出很多发明。白色超现代的大楼，闪闪发光，都是为了科学的目的修建的，坐落在公司的四平方千米土地上，周围有很高的混凝土墙，这里到处都是交错白色跑道。

“我们要试飞什么飞船？”巴德问。

“一艘特别的鸽子。”汤姆说，他说的是一艘双座游船，由斯威夫特建设公司生产制造，属于汤姆父亲的个人财产。

他们在一座小型飞机库前停下来，走了进去。在飞机库里，很多机械师已经为飞机起航做好了准备。

“斥力装置在哪呢？”巴德问。

“安装在座位后面的行李空间了。斥力装置的天线或叫定向发射器，发出的信号能从机身底部向外发射。”

几分钟后，飞机驶出飞机跑道并加上了燃料。小伙子们再次爬上了机舱，戴上了耳机。

“用斥力装置进行垂直起飞吗？”巴德问。

汤姆摇了摇头，说：“先按传统方式起飞，然后再转换过来。”

很快，当这架双人座飞机从跑道顺流而下时，它开始不断加速。几秒钟后，小伙子们开始在空中浮游。下面平顶的实验楼和工作室在清晨温暖的阳光下闪闪发光。汤姆一直等到攀升到3千米的高度，他对巴德说：“我想攀升到足够的高度，如果出了什么问题，我就能重新启动发动机。来吧，我们开始吧，祈求好运吧！”

汤姆转过身，调整了面板上新安装的游标刻度盘——这是给斥力装置提供动力的。仪表盘显示供给斥力装置的动力。他看着第二块仪表的指针在向右摆动，当达到与飞机重量相同时，仪表盘指针才停止摆动。这种排斥力是由斥力产生的，飞机在克服重力时恰好需要这种排斥力。紧接着他切断发动机电源，展开斥力装置的各个部件。

飞船失去了飞行动力，但是几乎保持在相同的高度。过程进展得如此顺利，巴德吃惊地吹起了口哨。

“就像飘在云彩上！”他大声说，“你的意思是说我们是在这里盘旋，支撑并托起我们的只有一股看不见的充满力量的射线？”

“你说得对，朋友。斥力探测器电路的调整能对这里土壤中的各种元素作出反应。想要飞得更高吗？”

“能行吗？”

作为回答，汤姆旋转仪表盘，给斥力装置更多动力。飞船立刻像火箭发射一样急速上升。

“哇噢！”巴德捂住他的胃部，“这回我信了！怎么向前飞

行的？”

“想要向前飞行，只需要向后轻轻地拉一下定位发射器，它会给我们一个向前的推力。”汤姆解释说。

他伸手去够第二块仪表盘，校准刻度并且把刻度度数调到10。飞船速度提升了。

不一会儿，当他们绕着周围的土地和农田滑翔时，肖普顿的建筑物在他们身后变得越来越小。

巴德的情绪高涨起来。“祝贺你，哥们！”他欢呼道，“貌似天才小子想出了一种新的飞行方式——斥力飞机！”

“好名字。”汤姆咧着嘴笑，“呃，我想我们已经证明了它运行得良好。我们打道回府吧。”

他操纵飞机在下一个县城绕了一大圈，然后向肖普顿飞去。突然，这架光滑的双人座飞机一个趔趄，便头朝下栽了下去。

“嘿，发生了什么事？”巴德大声呼喊。

他们朝地面方向垂直下落。

他看了一眼动力刻度盘，表盘上面的刻度显示近乎零。“斥力装置出了问题。”汤姆紧张地说，“我这就切换。”

手指轻轻一推，他打开了点火器，启动发动机。没有任何反应。

他又试了一次，也没有什么动静。

“发动机坏了！”汤姆大声喊道。

“我的天！你是说一点动力都没有了吗？”巴德的脸变得惨白。

“斥力装置的动力在不断增加。我是从动力仪表上的读数看出来的。”汤姆说得很快，同时操纵飞机进入滑翔状态。一定是斥力装置在这种土壤环境下无法运转。

汤姆虽然有些手忙脚乱，但又不失灵活地操纵着操作台。

巴德抓挠了下头发。“我们现在怎么办——跳伞吗？”他倒吸了口气，同时检查了降落伞的肩带。

“暂时不用。我们再坚持一会儿吧。现在的风速足够我们滑翔用。在卡罗帕湖上，我会尽量飞低点儿。”

一片宽阔的蓝色水域出现在他们眼前，卡罗帕湖位于这个镇子北部的边缘地区。

汤姆紧张地操纵着驾驶杆和方向舵。

“巴德，呼叫上游的警察救援队。”他催促着，“也许他们会派出一艘救生艇来。”

巴德一圈圈地旋转收音机上的调节按钮，机舱内充满了刺耳的嘟嘟声。“呼叫警察救援队！”他大喊道，“遇险飞机位于卡罗帕湖上方！呼叫警察救援队！听到请回答！”他说出了飞船编码。

“救援队收到！”对方回答说，“出了什么事？”

“我们要紧急迫降到湖里。能派来一艘救生艇吗？”

“好，知道了……祝你好运！”

此时飞船快速下降。很快他们就落到了湖面，激起朵朵浪花，飞船在湖面上滑行。

“抓紧了，巴德！”汤姆咬紧牙关，挤出了这句话，“就这

么办。”

几秒钟后，飞船产生了一种巨大的冲击力，两个小伙子挣开了安全带，一团喷雾直冲云霄。

“出来——快！”汤姆大喊。

巴德根本不用催促。因为他已经撞开了机舱的门，纵身一跃，跳进水里。汤姆紧跟其后也跳了下去。

“看起来它好像还得在水面上漂一会儿。”汤姆上气不接下气地说。他设法用力将门关上，以防止机舱进水。

“救生艇来了！”巴德欢呼着。警察的救生艇宛如一把飞刀向他们迅速挺进。

“喂！”其中一名救援船员大声喊。他已经准备好了一对救生圈，减轻落水者由于衣服湿透增加的重量。“哎，你们俩，接住！”

他把救生圈扔了出去，小伙子们扭动着身体套上了救生圈。

“有拖绳吗？”汤姆问负责的官员。

“比那要好得多——我们带来了支船架。”他大声回答说。

警察的救生艇用一根长长的缆绳牵引着飞船向前行驶。

舵手除去救生船周围的障碍时，汤姆和巴德把支船架挪到飞船机头下面，然后紧紧地捆扎在机翼支柱上。

“哇噢——非常及时！”巴德喘着粗气说，“它沉得可太快了！”

救援队的船员们把小伙子们拉上救生艇。

“万分感谢！”汤姆边喘着粗气边说，巴德也反复地表达他的感激之情。

其中一名船员咧着嘴笑着说：“看起来，你的‘飞鸽’变成一只跛鸭子了！”

“要不是你们几位老兄，我们很有可能都已经变成鱼饵了。”巴德说。

警察的救生艇以匀速向岸边行驶，飞船掠过的地方，泛起了浪花。当他们靠岸时，一位身材瘦削的人正在码头等待。

“老爸！”汤姆哭着说。

“谢天谢地，你们两个小子安全回来了。”老先生上前迎接他们。“营救小队认出了你飞船的标识码，并用无线电向企业集团发送了消息。我就尽快赶到了这里。”

虽然小汤姆高那么一点，也瘦那么一点，但这两位斯威夫特先生长得真的是非常像。

两个小伙子从码头上跳下来。“发生了什么事？”老斯威夫特问道。

汤姆解释了斥力装置的动力波是怎么衰退消失的。“邻村的土壤结构一定与我使用的样本不一样。也许是田地里的化学肥料的关系。”

“飞机的发动机怎么样了？”

“失灵了。一定是斥力装置周围的电磁场导致点火系统短路了。”

斯威夫特先生的脸上流露出了严肃的表情。“这绝不意味着失败，汤姆。你得抓紧时间完善你的这个新发明，这样很快你就能再次飞行了。我刚收到来自太空朋友的信。他们现在遇到了麻烦，需要我们的帮助。”

第二章 向企业集团发出的求救

从太空传来了一条令人兴奋不已的新信息！汤姆和巴德两个人都非常想听一下。

自从有一个像彗星一样的物体在斯威夫特企业集团的地面上着陆，斯威夫特一家人已经和来自另外一个星球的生命体联络好几个月了。这个物体上蚀刻着怪异的数学符号。汤姆和他的父亲成功地破解了这些信息，随后研发出了一种用来接收信息的装置，上面安装了显示波形的屏幕。汤姆和他的爸爸用功能强大的传送器把自己的信息发送了过去。

不久前，汤姆驾驶飞船去了幻影卫星，这颗卫星在一些外星生物的作用下已经进入了地球附近的轨道上。他们这么做是希望汤姆能为他们制造一种和地球上类似的大气。在亲自造访地球之前，他们能在这种环境里尝试着生活。但是，虽然汤姆已经成功地在内斯特利亚创造出了大气，可是未知的外星生物被C国人吓跑了，离开了小行星带，还没回来完成计划好的实验呢。

“信息的具体内容是什么，爸爸？”汤姆急切地问。

“是这么回事——什么都没有了。”斯威夫特先生回答说，“你是知道的，我们这台新的电脑只接收到这条信息的一部分。”

斯威夫特家最新发明的这台电脑，一直监控着太空航线。无论什么时候接收到来自外星的信息，这台电脑都能把它翻译出来。同时也能把文字信息编成数学符号代码，发给斯威夫特家神秘的外星朋友。

“太空里的人说了他们为什么需要帮助吗？”巴德插嘴说。

斯威夫特先生摇了摇头，说：“这也是我所担心的。这条信息还没全部转换完，就突然停止了。”

“爸爸，我们最好还是快速回到工作间，看看还有没有新的信息！”

“你说得对，儿子。”

从十几岁时开始，汤姆就和他的父亲合作过，并完善了几项申请专利的发明。他的第一艘太空飞船是飞行实验室。他最感兴趣的就是创造火箭去探索太空。目前最大胆的和最具挑战性的一次旅程正等待着他。

他们打电话给救援队，请他们去打捞湖里破损了的飞船。然后，汤姆和巴德一起跳进斯威夫特先生的轿车里，开车回到企业集团。小伙子们快速换上了干衣服，赶去通讯大楼加入老汤姆研究工作。

“我们的外星朋友还没有一点消息。”他汇报说，“我已经发出一条消息请求获得更多的信息，但是，迄今为止还没有确认这条消息已被收到。”斯威夫特先生大步地踱来踱去，焦急地等待着铃声的响起，因为这意味着有消息到了。

电脑看起来多少有点像超大号的电传打字机，配有一个发送信息的键盘。在操作台的下方安装了用来加密或解码的电脑元件。

“你认为外星人发生了什么事，连求助信息都没发送完？”巴德问道，“可能是遇上了某种灾难？”

“我要是知道就好了，巴德！”斯威夫特先生焦急地说。

“会不会是电脑本身出了问题？你确定它在正常运转吗？”他们问道。

老斯威夫特皱了皱眉，停止了踱步。“这个主意不错，儿子。我们最好还是检查一下。”

两位发明家迅速打开电脑外壳，测试了电子线路。

“没什么问题。”他们喃喃自语道。

“那一定是我们的外星朋友遇到麻烦了。”斯威夫特先生补充说道。

他和儿子担心地交换了一下眼神。过了一会儿，汤姆做出了决定：“我去月球试着去探访一下那颗卫星，看看他们的科学家是否在继续进行着研究。如果这台新的斥力装置如我所愿地运行了，那此次航行就没问题！”

“太好了！”巴德说，“跟我说说，让我干点什么？”

“现在立刻去费林的差事怎么样？”汤姆问。费林位于大西洋，是斯威夫特家的私人岛屿，是一个火箭发射基地。

巴德咧嘴笑着说：“绝密信息？”

“送东西。”汤姆回答说，“我想把这台电脑的便携式装置带到费林。它会把人们收到的信息翻译过来。这样他们就不必使用只会显示波形的设备了，也不用费力地翻译太空字典里的符号了。我也想把这台电脑带到月球上去。可以把它安装在从费林出发的飞船上。”

“很高兴能去办这件事。”巴德说。

汤姆轻声地笑着说：“我送的可是好东西，要比20吨大象小多了。我得确定我能拿得动那件宝贝。制作了一个便携式的装置，把所有的设备都放进去，你是怎么做到的呢？”

斯威夫特先生回答了这个问题：“汤姆想出来的装置是把存储系统巧妙地装进去。要强调的是每平方厘米的电路板上，都有数百条金属丝。”

“好！我立刻乘飞船把它运送过去。”巴德赞同地说道。

不到半个小时，巴德就起飞了。与此同时，汤姆和他的父亲谈论斥力装置最近失灵的事。

突然，扬声器里传来了令他们吃惊的信息。信息来自楼上通讯中心的无线操作人员。

“巴德去费林途中出事了！”他激动地汇报说，“他乘的飞机被蒙面飞行员袭击了！”

“什么！”汤姆大吃一惊，“与巴德保持联系！ 我马上就到！”

他一步两个台阶跑到了广播室。操作员打开了扬声器，汤姆可以听见巴德的声音。

“他来了！”这位年轻的飞行员说。巴德接下来说的话完全淹没在飞机俯冲时发出的呜呜声中。

汤姆抓起传声器，说：“巴德！你还好吗？”

“唷！”他们听见巴德如释重负般倒吸了口气，“是的，我还好，哥们——到现在为止！但是，我不敢保证他们是否还会继续干扰我！”

“那架飞机全副武装了吗？”汤姆紧张地问。

“看起来不像。至少他还没向我开火。就是尾随在我后面，然后再超过我。”

“他在玩什么把戏？”

“我可不知道。”巴德回答道，“我用无线电呼叫了他，但是他不回答。看起来好像是要么要我迫降，要么让我飞离航向。噢——噢——！”

飞机巨大的嗡嗡声再次传来。

“哇！差点刮了飞机机翼！”巴德非常愤怒地告诉汤姆，“如果我能逮住这个家——”

“知道他是谁吗？”

“不知道。他戴着面具。”

“飞机是什么样的？”汤姆询问道。

“是一架哈蒙德·杰霍克斯，很有可能改装过。”

“坚持住，巴德。我这就驾驶快速喷气式飞机来支援你！”

“不用麻烦了，机长。我想我能——”

巴德的声音逐渐消失了，汤姆再也等不下去了。他嘴里快速给无线操作员下了指令后，飞快地冲出了门。他驾驶着吉普车加快速度赶往飞飞机库。一架备用的应急喷气式飞机已经被推到了起飞的位置。

汤姆匆忙地穿上一件飞行服，就登上了飞机，驾驶着飞机在跑道上呼啸而过。一升入空中，他就制订好了去费林的计划。

“汤姆特呼叫巴德！”他对着传声器呼叫，“听到请回答，巴德？”

没有任何回复！戴着面具的飞行员迫使巴德降落了？他被俘虏运到某个秘密的地方么？如果是这样，是因为要抓巴德本人，还是因为飞机上有电脑？

汤姆把这些不好的想法抛在了一边，把无线电调到了费林私人频道的波长上。“巴德有消息了吗？”他焦急地问。

“没有。”对方回答说，“我一收到他的消息，就派出了一架飞机。还没有收到那个飞行员的消息。”

汤姆一脸严肃，咬着牙，咔嗒一声打开搜索雷达，警觉地搜索着飞机，还是没有巴德也没有那架神秘飞机的任何迹象。

几分钟后，汤姆飞到了大西洋的上空。穿过云层，就能模糊地看到费林岛。斯威夫特火箭基地是一片拇指形的建筑，周围是沙丘和灌木丛，由无人机严密地把守着。

离岛很近的时候，汤姆再次询问了巴德的消息。而回答仅仅是：“要求迅速降落。”这是什么意思呢？是巴德正在着陆，还是他被要求这样做呢？汤姆很纳闷。

“我还是先降落吧。”他暗下决心，他的心担心得怦怦直跳。

他请求降落，然后穿过层层迷雾着陆了。岛上有几座大型的运载火箭，火箭头都指向天空。让汤姆欢呼雀跃的是他看见巴德的飞机安全地停在机场！

当汤姆从喷气式飞机钻出来的时候，穿着皮上衣的年轻飞行员冲上前来迎接他。两人如释重负般地抱在一起。

“好哥们，真高兴能看到你安然无恙，没有受伤！”汤姆高兴地说，“失去联系后，发生了什么事？”

“这是你从没看过的最疯狂的拉锯战。”巴德回答，“那个戴着面具的飞行员，用了技巧书上所有的花招动作，目的是阻止我在费林岛上着陆，都差点坠毁了，”巴德解释说。“那个老家伙算准了你很快就会到这儿——毫无疑问他在监听我们的谈话——所以他得逞了好几次。我很快就在这降落了，并建议不要把这则消息告诉你。”

“你通知民航巡逻队了吗？”汤姆问。

“狄林去给他们打电话了。咱们去看看他那儿有没有什么消息。”

两个小伙子赶到了通讯基地。乔治狄林，斯威夫特家族的无线通信总管，刚刚停下手头的工作。

“你好，汤姆。”他问候这位年轻的发明家。“民用航空管理局说那个神秘飞机的注册号是假的。民航巡逻队已经警告所有的飞机要提高警惕。”

“我们来核实一下哈蒙德工厂怎么样？”汤姆提议说。

“我已经核实了，机长。”狄林回答说，“他们整理出一份购买者的清单，就会给我们回电话的，不会花太长的时间。那架飞船刚刚上市没几个月。”

“干得不错，乔治。巴德和我这就赶去测控中心。我想检测一下电脑，在那个骗子上飞机后，电脑有什么问题没有，看看事情有什么进展了。”

“好，我知道了！”

当小伙子们开车穿过岛屿时，巴德转过头对车里沉默不语的汤姆说：“你认为戴面具的飞行员在追踪那台电脑？”

“没错，我就是这么想的。我们要采取防范措施保护好它。我想知道的是他们是怎么知道电脑的情况的。”

在沉默中两个小伙子结束了这次行程。俩人不断地问自己，“为什么有人想要窃取用来和外星人交流的装置呢？”

电脑已经从巴德的飞机上卸下来了，并运送到了通讯大楼。汤姆对收到和发出信息的功能检测了好几次。电脑运转正常。

巴德拍了一下他亲密战友的肩膀。“干得漂亮，天才小子。这意味着如果进行一次环宇宙之旅，无论他是个怎样的坏蛋，都不会再干扰到我们的电脑，哪怕是一点点。”

汤姆满意地咧着嘴笑着，这时电话响了。是乔治狄林打来的。

“刚接到哈蒙德工厂的电话，机长。杰霍克斯飞机的买家都是知名的飞行员，要不就是有声誉的商人——但有一个人例外。”

“那个人是谁？”汤姆急切地问。

“一个名叫奥托·戴恩特里的人，说话带口音。他本身不是飞行员，但却说他计划弄一个飞行执照。”

“奥托·戴恩特里。”汤姆若有所思地念叨着。

“那个名字让你想起了什么？”狄林询问说。

“没想起来什么。可是从他的口音判断，他应该是个外国人。他有可能是敌对分子。最好把这个消息告诉企业集团的安保办公室。让他们看看能从他身上挖出点什么。”

“好，机长！”狄林说，接着挂断了电话。

就在这时，电脑的报警铃响了，表明收到了一条消息。

“外太空的信息来了。”汤姆欣喜若狂地大声喊。

所有的眼睛都专心地盯着看密钥解读出的信息：

不知名的疾病侵袭了所有动物。这些动物就是我们星球人赖以生存的食物。我们处境危急，无法找到治疗方法。斯威夫特的科学家们能解决问题并给予帮助吗？

情况危急！

第三章 太阳光实验

读到这则消息，汤姆沮丧地叹了口气。如果他的外星朋友依靠动物食品来维持生命的话，他们有可能会被彻底消灭。

“最好立刻回到肖普顿，和我爸爸商议一下。”汤姆对巴德说。

当他们在企业集团着陆时，小伙子们急忙赶到斯威夫特家的私人办公室。宽敞的现代化办公室，是汤姆和他的爸爸共同使用的，里面摆放着两张大桌子，几块绘图板，还有舒适的皮椅子。房间里陈列着用塑料和金属加工而成的各种模型——他们都是老汤姆和小汤姆最著名的发明。

斯威夫特先生坐在桌子旁边，满面愁容。当汤姆和巴德坐下来的时候，他说：“这是一个残酷的消息。”

“也许我们应该召集精通动物疾病的人。”汤姆建议说。

“我同意，儿子，我想费伯博士是可以咨询的好人选。”

安东·费伯博士是在政府部门供职的动物学家。汤姆去南极钻探铁水时，他陪汤姆一同进行了南极探险。

“埃文·格伦农是不是也能帮上忙？”汤姆建议说，“他是格兰戴克大学畜牧专业的教授。”

“我这就去和他们两个联系。”斯威夫特先生主动说。

打完电话后，两人都答应了与他们合作。

第二天一早，两个小伙子开着巴德的红色敞篷车去了火车站，格伦农教授坐9点钟的火车来。

“很高兴再次见到你，汤姆！怎么样啦？”教授问候他们，同时紧紧地握住汤姆的手。他是一个身材矮小偏胖，但却天性快活的老人，头发浓密灰白，蓝色的眼睛闪烁着光芒。

汤姆笑着回应说：“你好！一切都好，谢谢。这是我的朋友，巴德·巴克利。”

巴德伸出手，恭敬地说：“很高兴认识你，教授。”

“嗨，小伙子！我的名字叫埃文，记住喽！”

他们到达工厂车间，不久后一架空军喷气式飞机就在其中一条跑道上着陆了，来自W城的费伯教授也到了。这两个小伙子热情地上前迎接这位年长的动物学家。

“有你做我们的后盾真好。”汤姆微笑着和教授握着手说。

这位身材高大、眼光锐利的科学家透过厚厚的眼镜片看着他们说：“很高兴见到你们！”

他们开着吉普车来到了通讯大楼，斯威夫特先生和格伦农教授正在等着他。会议一开始，费伯博士就说：“我们必须对这种疾病的症状有更多的了解才能帮上忙。”

埃文·格伦农抽了口他的石楠烟袋，点了点头，说：“你说得对。我们要了解了真实情况才能做出诊断。”

“我建议现在就呼叫我们的外星朋友，问问他们详细情况。”斯威夫特先生回答说，“然后，你们两个就可以提出问题了。”

“太好了。”费伯博士表示同意。

汤姆立刻发出请求，以获取更多信息。几分钟过去了，回复的铃声才响起。但是，让所有人都惊讶的是信息连一个字都没有显示出来！

“嘿，怎么回事？”巴德说。

汤姆皱着眉头，指着键盘上方亮起的一盏红灯说：“那意味着这台机器无法解读这条信息。”

“让他们重新表述一遍，用我们知道的符号。”斯威夫特先生建议说。

汤姆按照斯威夫特先生的话做了。最后成功获得的回复是用新的符号我们无法描述疾病。

大家困惑地看了看对方。

“没有更多的信息，恐怕是没有希望了。”费伯博士说，“我们可以把合成的药物和抗生素告诉给他们。但是靠这些来攻克完全不知名的疾病，可能性很小。”

斯威夫特先生用手指敲打着会议桌。“要是尽力把那些未知的符号翻译过来得花好几天的时间。”他皱着眉头说。

“你认为是什么引发的这场疾病，爸爸？”汤姆问道。

斯威夫特先生摇了摇头，说：“这也是我困惑不解的。我们的外星朋友有着高度发达的科学。因此，所有引起疾病的细菌和病毒都在他们的控制范围内，这是我们都知道的——除非在他们的星球上出现了新的病菌。”

“我也是这么想的。”汤姆说，“这种传染病有可能来自另一个星球——也许是地球本身。”

埃文抽着烟袋，若有所思地说：“喂！让你们的外星朋友用火箭把一只感染的动物运送过来，让我们研究一下可以吗？或者至少运来一些组织样本或是培养出来的细菌也行。”

“埃文，这个办法不错！”汤姆看着他的父亲说，“你觉得怎么样，爸爸？”

“值得一试。”斯威夫特先生表示赞同。

汤姆在电脑上发出了请求。过了好一会儿，机器输出了回信：“现在无法给出确定的答复。稍后回复。”

“哎！”巴德叹了口气，“这比在神秘故事中弄清凶手还要糟糕！”

斯威夫特先生让无线电操作员监视着机器，然后，他领着两位客人去参观企业集团。与此同时，汤姆和巴德前往汤姆的实验室，实验室正面镶着玻璃，闪闪发光。

“接下来干吗，天才？”当他们到达实验室时，巴德说。

“回去继续研究新飞船的斥力装置。”汤姆回答。

“快和我简单地说说。”这位强壮的年轻飞行员催促道。

汤姆笑着说：“嗯，如果用分光镜看东西的话，你知道物体本身都会发出一种独特的辐射波。”

巴德点点头说：“有点像彩虹色标。”

“那是光谱，记住了吗，亲爱的朋友？”汤姆说。

“记住了，教授。你的斥力装置能探测出这种辐射波，并产生反击波。它来自辐射波，所以与其处于同一个位相。因此，当你用它来瞄准一个物体时，反击波起到了排斥力的作用。它把物体推开，就像是磁铁的两极互相排斥一样。”

“完全正确，巴德。”

“但是，”他的朋友反驳说，“迄今为止，你建造的斥力装置只能排斥一种独特的物质——例如水。现在你是要建造一台能排斥太阳系中所有物质的机器吗？”

“没错。那是我的一个大难题它将必须适用于所有九十二种自然元素。”

巴德吹了声口哨，表示惊讶：“相当不错，哥们！但是，如果你想改变航线，会发生什么事情呢？”

汤姆走向飞船的实物模型。他指向沿着飞船周围圆形轨道运行的碟状天线，说：“我们可以用这三个定向发射单元的任何一个发出排斥波。通过旋转它们，我们和太空中任何一个物体并排在一起时，给自己一个反冲的力，飞船就会朝着正确的方向行驶。”

“假设你在月球的阴面行驶。”巴德说，“或在某个无法从太阳获取能量的地方，那怎么办？”

“我们仍有足够的动力带我们驶离月亮的阴面，这是有可能的。”汤姆回答。“但是，为了以防万一我们想在黑暗中调转或改变方向，飞船上还有辅助火箭。它们也可以用来帮助我们起飞。”

汤姆坐下来，匆忙完成了几页的图表和计算。巴德惊奇地在一旁看着。一个小时后，汤姆给阿特·维尔特塔打电话，他是在公司受到高度评价的年轻工程师之一。

“你能来一下实验室么，阿特？”他问，“请你负责个紧急项目。”

“好的，机长。”阿特答道。

5分钟后阿特·维尔特塔到了。汤姆把图表拿给他看，阿特承诺尽快研制出斥力装置控制板可运行的模式。

“你还有一件事没解释呢，汤姆。”在工程师离开之后，巴德说。

“什么事？”

“你怎么从太阳获取动力来使你的斥力装置运转？难道你的太阳能电池也在起作用吗？”

汤姆摇了摇头，说：“它只从太阳发出的可见光中吸收能量。但是，那只是太阳光总量中的一小部分，必须开发利用所有我们能获得的能量，包括紫外线以上，红外线以下的射线。”

“你的意思是说大部分射线都被浪费掉了？”

“当然了，朋友。”汤姆说道。

“要抓住它们啊，汤姆。”巴德笑着说，“但是你怎么利用所有的这种能量呢？”

“你记得那些像太空船舱上的探照灯似的装置吗？”汤姆问。

巴德点点头。

“嗯，那些是变换器，收集太阳能量的，通过光化学反应把太阳能量转换成电能。”

“哇！”巴德抱怨说，“都是我不擅长的，就告诉我一件事，能行得通吗？”

汤姆咯咯地笑，拿出一把电子钥匙，打开了一个钢制的柜子。“等一会儿我们就会搞清楚，哥们。”

他从柜子里取出两样东西。第一个是一块普通的太阳能电池，另一个是他新发明的能量转换电池。装电池的盒子是由汤姆发明的由特殊铸模塑料做成的。

“我测试一下这两块电池，”汤姆解释说，“看看他们之间电流输出值的对比情况。”

“抱歉，我得走了，”巴德瞟了一眼墙上的钟说，“我要去试飞你父亲的那架喷气式飞机。一会儿再见。”

汤姆独自走上带玻璃圆顶的实验室，它位于企业集团主楼顶部。戴上了玻璃纤维的头盔和长手套后，他把两个电池连接到一个电控板上。然后，他按下开关按钮，整个圆顶开始无声地转动，直到太阳射线精确地聚焦在转换电池上。

“现在让我们看看它是怎么反应的，”汤姆说，他瞪大眼睛看着瓦特计针在表盘上猛烈地跳动。“哇呜！什么——”

发生了爆炸，火光四溅。汤姆被震倒在地上，失去了知觉！

当他苏醒过来的时候，有人正在摇晃着他的身体。汤姆眨了眨眼睛，看见布满皱纹金发碧眼的汉克·斯特林正弯腰看着他。他是企业集团的故障检修员及首席制模工程师。

“汤姆，你还好吗？”

汤姆挣扎着站起来。“我想我还好。哟！”他晃了晃脑袋，一脸茫然。

“到底发生了什么事？”汉克问道。

“我正在检测一个新的能量转换器的部件。”汤姆解释说，“然后……”

“好用了吗？”

“好过头了！”汤姆悲伤地撇了下嘴，指着破碎的盒子和烧焦了的电缆，“电池释放的能量太多了，以至于电路无法消化处理，就爆炸了！”

就在这时，楼梯上传来了高跟牛仔靴的咔嗒声。随后传来了一个响亮而又低沉的声音：

“可怜的小家伙，究竟发生了什么事？火星人登陆了吗？”

紧接着，曾在农场工作过的厨师乔进入了人们的视线。他体形矮胖，还有罗圈腿。他瞪大了眼睛，手里挥舞着两只左轮手枪。乔穿了一件花哨的西式衬衫，饱经风霜的秃头上戴着一顶白色的主厨帽。

“告诉我，小子！他们在哪儿呢？”

汤姆笑瘫在了椅子上。汉克也笑了，用纸杯倒了一杯水递给

汤姆。

“放松，别紧张，乔。”汤姆安慰他说，“没有人驾着飞碟来这儿，就我自己，还有一个短路了的太阳能电路板！”他解释着所发生的事。

乔掐着腰瞪着眼看着他们，说：“汤姆，我想有时候为了你好，应该把你的手脚都绑起来，才能阻止你冒那么多的风险。”

这位体形肥胖的中年男人来自Q城，他与斯威夫特一家人见过面。当时，他们正在西南部研究原子能。正是他们把他从西部带回到肖普顿。那时他在办公地点为汤姆和爸爸做饭。作为主厨，乔常常和他们一起出行。

汤姆咯咯地笑个不停。随后，站起来给这位矮胖的厨师一个亲切的拥抱，说：“好了，乔，我会放轻松的，但有个条件。”

“什么条件？”乔疑惑地眯着眼睛。

“那就是快点为我们准备些午餐！”

乔对自己的厨艺很自信，经常炫耀，哈哈笑着说：“马上就来，朋友！”

汤姆和汉克正在享用美餐——蔬菜汤和回锅咸牛肉丁，电话突然响了。汤姆起身去接电话。

“我是狄林，机长。”电话线那头的声音说，“我刚弄到了更多关于奥托·戴恩特里的信息，就是购买哈蒙德·杰霍克斯的那个人。他是C国人。”

第四章 神秘的劫持者

汤姆有些惊慌。他对那个戴面具的飞行员的预感是完全正确的——这个家伙袭击巴德就是要偷取电脑！

有了这样的设备C国人就可以知道汤姆与外星朋友的秘密交流。

“要小心啊，机长。”狄林提醒说，“如果戴恩特里是为间谍组织效力的话，那他们会为达目的不择手段。”

“没错！”汤姆表示赞同，说：“但是，我们要加强警戒。好在我知道了。”

当汤姆挂上电话时，汉克注意到他脸上忧虑的表情。“坏消息吗？”他问。

汤姆叙述了一下他们的对话，然后说：“我这就打电话通知安全部门。”

哈伦·艾姆斯，斯威夫特公司安全部的主管，听到这件事很吃惊。

他说：“我确信组织内部没有间谍。我认为在空中戴恩特里使用了X光扫描了货物，汤姆。”

“他就是这样知道了巴德运送的是电脑。我会给所有的飞机装上一层特殊的塑料保护外衣。”汤姆严肃地说。

在发布了几条命令之后，汤姆返回他的私人实验室。他在这里继续给这几块电池做实验，斥力装置上的能量转换装置和他之前的设计的几件发明。过了几个小时，他还在工作台上忙碌着，上面杂乱地堆放着电子部件和测试仪表。

“请进！”汤姆喊道，连头也没抬。他听到门开了又关上的声音。

“噢？难道你不打算问候一下吗？”一个女孩的声音抱怨道。

汤姆吃惊地转过脸来。“桑迪，菲利斯！”他大声喊道。

这两个女孩看着他吃惊的表情，咯咯直笑。

“你都没想到是我们？”桑迪·斯威夫特指责道。桑迪比他的哥哥小1岁。

她的同伴，菲利斯·牛顿，是奈德·牛顿的女儿。他目前是斯威夫特建筑公司的经理。

菲利斯有着一双笑眯眯棕色的眼睛，是汤姆最喜欢的约会对象。

“想到你们？”汤姆不确定地说。

“晚上好！”桑迪抱怨道，“我猜你已经忘记今晚聚会的事了。”

汤姆拍了一下脑门儿，咧着嘴道歉说：“抱歉，我给忘得一干二净！”

“真是个心不在焉的教授啊！”菲利斯挖苦道。

“巴德那边怎么样了？”桑迪接着说。

“今天早上他进行了一次试飞，妹妹。试飞后，他应该返回到费林岛了。”

桑迪噘着嘴皱着眉。“说真的汤姆，”她教训说，“真该有人给你们两个洗洗脑！你们难道没听说过那样一句话吗？‘只工作不玩耍，聪明的杰克也变傻’。”

“但是我不是杰克啊。”汤姆眨了眨眼睛，反对说。

“你现在还不是那个傻小子。”菲利斯微笑着说，“但是如果你们俩不学会偶尔放松一下，找点乐趣的话——要小心了！”

“好，警告收到了。”汤姆笑着对女孩说。

“这应该是惊喜的。”桑迪补充说，“但是我还是现在告诉你吧，那么你就不会打退堂鼓了。知道出席今晚聚会的尊贵客人是谁吗？”

汤姆摇摇头，说：“不知道。”

“杰里·沃尔登。”

“杰里·沃尔登！”汤姆听到这个消息非常高兴，“我还以为他在外国呢。”

“他之前是在外国。”桑迪解释说，“但是现在回到肖普顿了。”

杰里是斯威夫特家的邻居，也是汤姆童年时的偶像之一。他曾经研究过兽医学，总是帮斯威夫特家照料宠物，包括他们的两条侦探猎犬——凯撒和布鲁图。作为一名动物罕见疾病的专家，他去了外国进行研究工作，研究侵袭那儿牛群的一种新病毒。

“那真是个好消息，桑迪！”汤姆大声说，“也许他能帮我们解决外星朋友遇到的麻烦。”

“噢，噢，又是工作！”桑迪噘着嘴说，“我知道它重要，汤姆。但是你和巴德除了工作就不能想点别的？”

汤姆给了她一个兄长的拥抱。“好，妹妹，今晚我们会尽力弥补的。”汤姆灵光一闪，想出了个主意，“你们俩坐在这儿翻翻杂志，我去把这个地方收拾收拾。然后飞往费林找巴德。”

当女孩儿们坐在实验室里的凳子上时，谁都没有注意到汤姆脸上顽皮的微笑。她们从附近的架子上拿了几本杂志，开始翻看起来。

“只工作不玩耍？”汤姆自言自语道，“咱们走着瞧。”

菲利斯侧身对桑迪说：“这本杂志你应该喜欢。是一本航空文摘，上面展示了所有最新型的飞机。”

汤姆和她的爸爸教会了桑迪驾驶飞机她是一名充满热情的飞行员，经常把“特别鸽子”展示给潜在的客户。

“谢谢，菲利斯。”两位女孩儿沉浸在书中。

与此同时，汤姆收拾起了电子装置，把正在试验的斥力装置放在悬着的架子上。

“一会就回去。”他告诉女孩们。“我得安排架飞机，我们就驾驶着飞机去费林。”

几分钟过去了，墙上的广播传来噼里啪啦的声音：

“我是汤姆，女士们！这架飞机已经准备就绪了。请快赶往飞机库，我们就能起飞了！”

桑迪和菲利斯摩拳擦掌地从实验室的凳子上站起来。让女孩儿们沮丧的是，她们一步都挪不动！

“桑迪！发生什么事了？”菲利斯大声喊，“我身体好像麻了，一点力气都没有！”

“我也是！”桑迪痛苦地回答，“噢，菲利斯，也许这个房间里的什么东西——”

桑迪突然停止说话，脸上的表情由害怕变成恼怒。

“是汤姆干的！”她解释说，“我打赌，他这么做就是为了报复我们责备了他！小气的家伙！”

女孩儿们气得快要冒烟儿了，却被迫坐下无助地等待，希望有人能来解救她们。

不一会儿，门开了，汤姆把脑袋探进实验室。脸上的表情非常严肃。

“嘿，你们俩快点儿！”他催促着说，“你们怎么还在耽搁？难道你们不知道今晚我们有聚会吗？”

“汤姆·斯威夫特！”桑迪终于爆发了，“你能不能停止这种恶作剧，让我们马上出发！”

汤姆再也无法板着脸直视她们了。他突然大笑起来，走过去关掉了斥力装置。

她们再次获得了自由，对他刚才的捉弄忍不住笑出了声来。

菲利斯的一双黑眼睛虽然满含笑意，但却板着脸说："我们应该离开你的公寓，汤姆。但是如果你告诉我你是怎么捉弄我们的，就原谅你。"

"我把这个斥力装置直接对准你们，在我离开实验室前就把它打开了。"汤姆解释说，"之后它被调整到排斥你们连衣裙上的棉纤维——因此你们就无法移动了。"

"将来有一天，我要发明个什么把我大哥也控制住！"桑迪玩笑般地责难说，"但是现在就不提那个了，我们去找巴德吧。"

汤姆大笑道："好吧，我们这就出发。"

他们赶往飞机场，登上了汤姆的直升机，这架飞机外表光亮，可以借助回转轴垂直起飞。然后，它会转换成为快速向前飞行的喷气式飞机。

不到半个小时他们就在费林岛着陆了。控制塔通知汤姆，巴德在追踪中心。在那里他们发现这位年轻的飞行员坐在电脑前方。

"该撤了！我们今晚还有约会呢！"汤姆说。

巴德转过身，立刻跳起来，说："嗨，大家好！我刚从太空接收到一则新消息！更确切地说是一部分消息。"

汤姆有了兴趣，问："说什么了？"

"就接收到两个符号，信息就停止发送了。"巴德递给他一个纸条，"这是翻译内容。"

汤姆研究着这条信息，桑迪和菲利斯焦急地看着。这条中断的信息上写道：

“情况紧急，派遣……”

“很可惜消息中断了。”桑迪说。

“C国人一定是以某种方式干扰着外星朋友的频率。”她的哥哥若有所思地说。

“现在你能做什么，汤姆？”菲利斯问。

“什么也做不了，我想——除了继续等待剩余的消息。”

“但是我们不能等待。”桑迪反对说，“如果我们想要回去参加聚会的话，就不能等。”

“我们还剩多长时间？”巴德问。

“嗯，7点就开始了。”桑迪回答，“我们还得回家换衣服呢。”

巴德笑着说：“我们最好把它破解出来。就汤姆这种一根筋，我们还是把它弄明白的好。”

这些令人惊奇的微型计算机是有史以来最小的、最紧凑的。操作员只需朝着传声器说出他们的问题，电脑就能流畅地输出答案。

汤姆笑着拿出电脑，巴德开始向电脑输入数据。副驾驶员宣布：“现在，这个小巧的机械装置会告诉我们什么时候离开这里。”

桑迪和菲利斯听到他的话，咯咯地笑起来。但是，当他说：“给女生两个小时精心打扮，男生10分钟沐浴更衣。”她们却假装被伤到了。

汤姆轻声说了句“我这就回来”，就冲了出去，去他的实验室取了一些特殊的工具。

他想把它们带回肖普顿，不像许多其他的实验室，这个房间安装了窗户。汤姆向其中的一个窗户瞟了一眼，他看到了一个模糊的物体飞驰而过。

随着一阵震耳欲聋的声音过后，留下了一道白色的蒸汽！很快又一个物体掠过了这座岛屿——在夕阳美丽的光芒映衬下，它的轮廓显得非常清晰。它也留下了一道蒸汽的痕迹！

“导弹！”汤姆倒吸了口气，“是谁点燃的？”

他冲向了实验室大门。但是半路上，一件奇怪的睡衣攫住了他。

“我——我怎么了？”他紧张地想。他的四肢虚弱地几乎无法移动。

他用手擦了擦眼睛，又蹒跚地走了两步。之后，他的腿一软瘫在了地上，失去了知觉！

整个火箭基地都出现了相同的情况。不仅在追踪中心的巴德和两个女孩，就连机组人员和技术人员也瘫倒在地上，就好像在酣睡一样！

自动报警警笛在岛上长鸣不息。一架陌生的运载飞机正在慢慢靠近小岛！甚至连控制塔上的工作人员也神志不清了，登陆活塞系统运转了，运载飞机被自动控制了。

闪耀的探照灯光直插云霄，锁定在俯冲着陆的运载飞机上。穿着太空服的人从神秘的飞机上走下来，踏上了小岛的停机场。

其中一个人，很明显是头领，转向其他人。

“20分钟内拿到那台电脑。”他命令道，“以及任何其他的汤姆 ·斯威夫特的发明，碰到什么拿什么！”

第五章 汤姆的俘虏

一切就像上了发条一样，有条不紊地进行着。掠袭者们强行征用吉普车和卡车，呈扇形散开侵占小岛。穿太空服的人中，有3个拿到了汤姆最新的电脑，并把它们运到飞机上。其他人有条理地搜索基地的每一栋大楼，无论看到什么仪器和设备，他们全都抱走。

其中一个掠袭者潜进了汤姆的实验室。没有理睬四仰八叉躺在地上的汤姆，迅速地查看屋子里的东西，决定着拿些什么。

突然，岛上响起刺耳的汽笛声，噪音似乎要刺穿汤姆的大脑。

他睁开眼睛，昏昏沉沉的，像没睡醒一样。

与此同时，穿太空服的这个人已经抓起了汤姆的获奖发明之一——电子震荡枪。他匆忙地离开图书馆，回应汽笛声。但是当他从汤姆身上迈过去的时候，汤姆伸手抓住了他的脚踝，身体突然一个趔趄，掠袭者仰面朝天倒下了！

掠袭者把枪当作棍棒凶猛地反击。但是，汤姆设法躲过了他的攻击，开始反攻，一头撞向对方的胃部，这个人背部朝下重重地摔在地上。

还没等他站起来，汤姆就骑在了他身上，左右开攻，不停地打他。

尽管掠袭者穿着笨重的太空服处于明显的劣势，却像是一只走投无路的野猫一样，奋力做了最后一搏。但是几秒钟后，汤姆制服了他，最后，汤姆把他捆了起来。

“唷！”打斗过后，汤姆气喘吁吁地说了句，终于能停了下来歇口气了。一切都发生得太快了，根本没有时间估量形势。

他俘虏的人是某种太空生物吗?

“很快我就会弄明白。”汤姆咕哝着。他扯掉掠袭者的头盔，发现一个脸色阴郁的男人正盯着他看。“原来你就是一个地球居民，好，那咱们聊聊吧！”

这名俘虏一声不吭，他好像不懂英语一样，只是耸了耸肩，摇了摇头，像一名被捕获的猎物，愤怒地看着汤姆。

突然，汤姆听到远处传来了一阵轰鸣声，是喷气式飞机积聚动力正在起飞。远处的噪音使正在思考的汤姆回过神儿来。他冲出了门，正好看见一架喷气式飞机已飞离了停机场，消失在夜空中。

“天啊！大家都发生了什么事?”

除了在空中盘旋的机器人飞机外，岛上没有任何生命迹象，也没有任何人活动！

突然，汤姆意识到所发生的事情。“是那颗导弹上喷出的蒸汽。”他倒吸了口凉气，“它一定是某种催眠气体！导弹的运行

速度太快了，强行登陆对它不起作用。有人预谋了这个邪恶的计划。那么在我们意识不清的时候，他就能强夺火箭基地了！这伙人穿太空服就是为了避开那种气体。”

他返回了实验室，拽出俘虏，上了吉普车就加速赶往基地总部，办公室里的机组人员才刚刚开始苏醒。

汤姆打开扩音系统，通过传声器发出指令。渐渐地，汇报开始一个个地进来了。大家失去了知觉20分钟。

汤姆把俘虏留在了总部人事部门的保管室，就开车去了医务室。他到这来接辛普森医生，然后前往追踪中心。

幸运的是巴德和女孩们都恢复过来了，没有任何来自气体的不良反应。但是，正如汤姆害怕的一样，他的那台新电脑不见了！

当巴德听说所发生的事情时，他问：“你认为是谁发起的突袭？是C国人吗？”

汤姆绝望地耸了耸肩：“你的猜测实际上跟我的一样，但是我可不希望是他们。希望能从抓到的那个人身上了解到什么东西。”

当汤姆和他的朋友抵达基地总部的时候，整件事还在持续发酵。乔治狄林列出了一张清单，写明了所有被盗的设备。

“有个坏消息，机长。好好看看吧，够你哭的！”他说着把清单递给了汤姆。

汤姆正想要知道丢失了什么，因为他意识到企业集团已经遭受了不小的打击。但是他握紧了拳头，忍住了怒气。然后，他转向坐在两名守卫中间的俘虏。

“关于这件事，你可以告诉我们些什么？”汤姆厉声说。

俘虏耸了耸肩，愤愤地看着汤姆，没有做出任何回答。

巴德瞟了一眼汤姆，说：“你认为他是在故意拖延吗？”

“我不知道，咱们搜一下身。”

结果俘虏身上的口袋都是空的。从他的太空服和里面的衣服上，都无法找到任何线索证明他的国籍。

汤姆打开扩音系统发出呼吁，要求所有会讲外语的人员立刻到基地总部报到，至少十多名工作人员遵照指示来到总部。

他们一个接一个地与俘虏对话，分别用波兰语、意大利语、捷克语以及许多其他种语言与他对话。但是，这名俘虏对于所有的语言仅仅只是摇摇头，保持着顽固的沉默。

“依我看，这家伙就是装的！”巴德厌恶地宣称。

“有可能。”他们气愤地表示同意，“就我们所知，他甚至可能是个A国人。”

“也许我们应该稍微给他点教训，看看他说不说话！”

一名机组人员咆哮着说。闻到催眠气体倒下后，他的太阳穴遭到了重创。

“那可不行。”他们坚定地说，“C国人可能会虐待俘虏，但是我们不能像他们一样。”

“那我们怎么对付他？”巴德问。

“带他回肖普顿，把他移交给警察。”汤姆下定决心说，“我想，我们所能做的只有这些了。”

汤姆把注意力转移到桑迪和菲利斯身上，他意识到他们晚上的约会被毁了。“抱歉。”汤姆说，“我想现在去聚会太晚了。”

桑迪点点头，说：“别担心，汤姆。这不是你的错。”

“也许我们应该道歉，给你们带来了如此坏的运气。”菲利斯富有同情心地补充说。

“不能这么说！”汤姆嘴角上扬笑了下，“要不是你们两促使我来这儿找巴德，可能就抓不到这名俘虏了。”

汤姆打了一下响指，转向巴德说：“听着，哥们。你为什么不驾着喷气式飞机带女生们回去呢？也许在聚会结束之前，你们还能赶到那里，向杰里道个歉。”

“那你呢？”巴德不确定地问。

“我用直升机把俘虏带回去。”汤姆说，“不管怎样，不能让俘虏拖住我们所有人。”

“你自己能搞定这个家伙吗？”

“别担心，回去时给他戴上手铐。”汤姆回答说。

巴德和女孩们有些不情愿地同意了汤姆的安排，立刻飞走了。

半个小时后，汤姆将飞机降落在肖普顿警察局的屋顶。把俘虏移交给警察局长斯莱特。然后他返回企业集团，他发现斯威夫特先生正在空间通讯实验室焦急地等待着。汤姆快速地向父亲汇报晚上发生的事情。

“问题很严重啊。”斯威夫特皱着眉头说，“在敌人的手中有电脑复制品，那么他们会利用这台复制品拦截我们所有的太空信息。”

“没错。并且现在更糟糕的是他们能把自己的信息转换成符号发送出去。”

听到这一消息，斯威夫特先生大吃一惊。他站起身来，背着手大步走到窗前，说：“汤姆事态可能更严重了，他们会用尽所有方法使我们的太空通讯紊乱——就在我们外星朋友急需帮助的时候！”

当电脑上的信号铃声响起时，他转过身来。

“来信息了！”汤姆喊道。

他们迫切地来到机器前，阅读信息。上面写道：

“我们发射了一艘宇宙飞船，进入环地球和月球的轨道。你们能检验一下飞船上的动物，提供治疗方法吗？”

汤姆感到一阵兴奋。但是过了一会儿，他有些迟疑。信息是真实可信的，还是他们的敌人发来的呢？

第六章 C国的头号人物

“爸爸，咱们把信息发回去，弄清楚我们的外星朋友是不是真的发送了这条请求。”汤姆建议道。

“明智的防范措施。”斯威夫特先生表示同意。

汤姆若有所思地皱起眉头，决定说些什么。于是他在电脑上打出了一条信息，他解释了那台复制翻译器是怎么被盗的，并让外星朋友确认之前发的那条信息。为保证万无一失，要求他们用一组新的代码符号传送答复，这组符号以前从来没有使用过。

完成呼叫后，他转向父亲说：“如果他们用新的符号回复，我们可能翻译起来会很困难，爸爸。”

斯威夫特先生苦笑道：“恐怕你说的没错，汤姆。但是只要确保敌人没有误导我们，这么做是值得的。”

“希望他们没有干扰我们的信号！”

他们打开了一台波形显示屏的装置。在电脑完善之前，他们曾用它来接收太空信息。然后，两位科学家坐在了舒适的椅子上，等待着来自外太空的回复。

“爸爸，如果他们真的发送携带动物的火箭，那是个好机会，我们可以更多地了解他们星球的生命！”想到这一前景，汤姆的眼睛亮了起来。

“同时也会有风险。”斯威夫特先生提醒他，“别忘了，儿子，那些动物很可能携带着致命的疾病。”

他们聊了一会儿。一道光闪烁了一下，汤姆突然从椅子上一跃而起，说：“回复了！”

两位科学家抓起笔和纸，盯着屏幕看。当第一个符号开始形成时，汤姆拧了几个调整旋钮。它看起来就像是希腊字母“π”，只不过它有三个而不是两个像腿一样的笔画。

符号渐渐模糊了，取而代之的是两个顶角挨在一起的三角形。接下来是几个呈锯齿状的光点标志，末尾呈钩状，其他的符号在眼前接二连三地涌现出来。汤姆和他的父亲不得不以最快的速度，潦草地抄在纸上。

信息终于结束了。

“哇！”汤姆放下铅笔，喘了口气说，“破译这些编码真的是件很伤脑筋的事。”

斯威夫特先生点点头，皱着眉头看着这几页字迹潦草的符号，说：“我得承认这些都太容易。”

汤姆记下大量符号后，他们沉默了好一会儿。在某一时刻，他突然拿出他的计算尺来解出一系列的方程式。斯威夫特先生也忙着做类似的事情。

20分钟后，汤姆起身，把一块黑板拽到了桌边。

“有线索了吗，儿子？”斯威夫特先生询问道。

“我还不确定，爸爸。但是假设这部分是对以前发送信息的重复，说的是关于运载动物火箭的事。”

老斯威夫特点点头，说：“合理的假设。”

“如果我的预感是正确的。”汤姆继续说，“这条椭圆形的曲线就代表火箭离开他们基地后的运行轨迹——”

“那么下一个符号就会代表它环地球和月球运行的轨道！”斯威夫特先生插嘴说，“汤姆，我想你猜对了。”

汤姆手里拿着粉笔，停顿了一下说：“问题是下一步我们该怎么办呢？”

“记住，汤姆。”斯威夫特先生说，“毫无疑问，那些太空人仍然在按照数学关系表达他们的意思。那么引力因素必须考虑进来，无论是在我们破译的两个符号之前还是之后。”

斯威夫特先生从汤姆手中拿过粉笔，写下了一系列的方程式，然后试图把这些方程式和其他的符号联系起来。汤姆皱着眉头，在父亲的推理中指出了一个漏洞。

“嗯，你说得对，儿子，我忽略了那个角。”斯威夫特先生搓着他的下巴沉思着。

讨论持续好几个小时。要么是汤姆，要么是斯威夫特先生，一次又一次地在黑板上写满公式和方程，最后却只能擦掉重新再写。

午夜后过了很长时间，最终父子俩重重地坐在椅子上，露出了疲惫的笑容。

“我确信我们破译出来了。”汤姆说，“这次翻译的内容完全合理，爸爸。”

斯威夫特先生一边仔细阅读信息一边点头。上面写道：

我们发射了一艘宇宙飞船，送入环地球和月球的轨道。你们能检验一下飞船上的动物，提供治疗方法吗？我们不敢把火箭降落在你们的星球上，害怕传染病传播扩散。

“没错，儿子，我想我们已经破解了。”斯威夫特先生说，“我们最好把这些符号添加到我们的太空字典里。”

太空字典是斯威夫特先生编撰的，里面包含了数百上千个破译了的数学符号组合。

“我们计划一下去迎接他们的火箭怎么样？”汤姆问道。

“我们明天休息的时候再说这事儿吧。”斯威夫特先生回答说，“我们要和费伯博士和埃文·格伦农再举行一次研讨会。”

“你说得对，爸爸。我想把杰里·沃尔登也叫来。”

第二天早上，汤姆起得比平时晚一些，下楼吃了美味的早餐——金黄色的烤饼和培根。年轻迷人的妈妈和汤姆一起坐下来，听汤姆喋喋不休地说他的计划。

“当你进入那艘火箭时，我希望你能采取防范措施。”斯威夫特夫人提醒说。

汤姆紧紧地拥抱了一下妈妈，说：“妈妈，这就是说你认为我会成功抵达火箭，那正是我所需要的鼓励，我一定会成功的！”

吃完早餐后，汤姆给杰里·沃尔登打电话，是关于研讨会的事儿，还说会去接他。然后，汤姆驾驶着他那辆银色的跑车离开了车库，直奔杰里家。

一阵喇叭鸣响过后，年轻的兽医匆匆忙忙出了门。“嗨，汤姆！很高兴再次见到你！”他们热情地握了握手。

“杰里，很高兴你回来了。”汤姆微笑着说，“上车！”

当这两个小伙子开车赶往工厂车间的时候，汤姆简要地向杰里介绍了外星朋友所遇到的麻烦。

“听上去像是一个真正的挑战。”杰里兴奋地说。

当他们到达企业集团时，巴德正从主楼往外走。“你最好也出席这次会议。”汤姆邀请他说，“有了新情况。”

“是重要事情吗？”巴德问道。

“相当重要。”汤姆嘴角一扬笑着说，“我想，你需要熟悉情况的，飞行男孩。”

斯威夫特先生正在办公室和格伦农教授和费伯博士一起等杰里。在和杰里热情地握手之后，他把他介绍给了另外两位专家，之后说：“汤姆和我召集这次会议，是因为我们已经获得了另外一条外星朋友的信息。昨天晚上他们通知我们，他们会用飞船发送一些活着的动物供我们检验，但这艘飞船会环绕地球和月球运行。”

得知这一消息，大家兴奋地谈论起来。巴德大声说：“运载火箭！那么我们必须得去太空才能与他们对接吗？”

“没错。”汤姆点点头，“如果我能及时准备好那艘新的宇宙飞船，这次航行按理说应该很容易，我们需要停留多久就停留多久。但是我得指出其他相关的风险，比如我们很有可能也会感染疾病。”

巴德兴奋地呐喊，其他人也同样充满热情。

杰里嘴角一扬笑着说：“我说的话将只代表我自己。传染是每一位医药研究者必须面对的一项危险。八匹马也无法阻止我和你们一起去，汤姆。”

“书呆子！那是当然！我完全同意！”格伦农教授声音洪亮而低沉地说，同时一拳砸在了桌子上。

“我就不用说了，也算我一个。”费伯博士坚定地说道。

汤姆和他的父亲高兴地相视一笑。“对于你们的协作，我们感激不尽。”斯威夫特先生告诉他们，“这个项目很可能会导致动物医学上的新发现，对我们地球也会有用！”

埃文·格伦农猛地抽了一口他的烟袋，说：“抓紧登上宇宙飞船吧，汤姆。这是一次绝好的机会，我可不想错过了！”

“我会带大家登船的，埃文。”汤姆承诺说，“如果我们没有做好准备与星际火箭对接的话，C国人可能就会打败我们！”

巴德轻蔑地哼了一声，说：“他们可不会帮助外星朋友治疗那些生病的动物——只是想获得殊荣先到达火箭，看看里面有什么！”

“还有更糟糕的。”费伯博士严肃地指出，“他们甚至有可能把动物带回地球，以证明他们完成了任务。那么传染就会扩散，我们可能都不知道怎样来制止它！”

电话铃响起了，汤姆忙接起电话：“小汤姆·斯威夫特。”

“我是哈伦·艾姆斯，汤姆。”电话另一端的人说，“你能来保安室一趟吗？我有事情要告诉你。”

汤姆犹豫了一下，说：“重要吗？”

“必须得你自己做出判断了，机长，这样可能会影响你登陆月球的计划。”

“那样的话，我这就赶过去！”

汤姆礼貌地告辞后，便匆忙离开去了安全大楼。哈伦·艾姆斯很瘦弱，黑眼睛，是企业集团安全部门的总管。他正焦虑地皱着眉在房间里走来走去。

“出了什么事儿？”汤姆问道。

艾姆从他的桌子上拿起一张报纸。“这是一张C国报纸。”他解释说，“这期报纸一出现在街道的各个报亭，我的人就用飞机捎回来了一份。”

汤姆瞟了一眼显眼的大字标题，说：“上面写了什么？”

“那些大字标题声明C国政府要派遣一组科学家到太空去执行秘密任务。”艾姆回答道。

汤姆吃了一惊，说：“是我们的电脑被盗后的那个早晨。”

“没错，机长！我要说的是，那绝不只是个巧合。”

汤姆愤怒地把报纸揉成一团，说：“哈伦，我敢打赌，我知道是什么促使了这份声明产生的。”

他说了来自太空的最新信息。“这可能意味着他们要尽全力赶超我们，去拦截火箭！”汤姆补充说。

艾姆有些怒不可遏。汤姆陷入沉思的时候，他紧张地等待着。最后汤姆露出了浅浅的微笑。

“也许有个办法可以扭转局面，让我们占上风。”

“怎么做？”艾姆问道。

“把这些头条新闻给我昨天晚上捉到的那个俘虏看一下。可能会让他大吃一惊，进而暴露他的真实身份。”

艾姆用拳头砸着手掌，说：“应该能行，汤姆。咱们试试吧。”

带着那张报纸，他们开车前往肖普顿警察总部大楼。汤姆向斯莱特解释了他的计划，斯莱特急切地想去尝试一下。

他们发现被捕获的俘虏正懒洋洋地坐在简易床上。当他们3人进入牢房时，他迟缓地抬头看了一眼，没有显示出丝毫的兴趣。

这个俘虏有着粗大下颚，脸阴沉沉的，上面长出了深色的胡子茬儿。

“抬起头来，先生。有人来看你了！”斯莱特警长猛地把他拉起来。

俘虏怒目而视，但却什么也不说。

突然，汤姆拿出那张报纸，露出标题给这个C国人看。俘虏兴奋地倒抽了口气。

第七章 敌人的火箭

但是，毫无疑问汤姆的举动让俘虏措手不及。他还没来得及掩饰，幸灾乐祸地假笑了一下，浑厚的声音脱口而出！

“他是C国人，错不了！”艾姆厉声说。

“你听懂他说什么了吗？”汤姆问道。

艾姆回答说：“听起来像是‘他们做到了’。”为了协助自己展开安保工作，艾姆曾经不遗余力地学过C国语。

斯莱特局长皱着眉阴着脸说：“告诉他，我们现在知道了他的国籍，他将面临间谍罪指控，请他最好开口讲话！”

艾姆翻译了局长的话。俘虏仅仅只是冷笑了一下，继续保持沉默。

警长气得满脸通红，但还是压住了怒火，说：“我会通知调查局，我们会弄个水落石出的！”

“至少我们现在已经有线索了。”艾姆表示赞同。

“但是还不够。”汤姆说。当他们返回工厂车间时，汤姆有点郁郁寡欢。

汤姆到达办公室，他的爸爸以及其他科学家们仍然在那儿等着，他告诉他们所发生的事情。“我们抓获的俘虏一定是个C国人。我现在确定的是他们昨晚已经把信息破译出来了。”

“他们企图要登上运载动物的火箭，就像你所怀疑的那样吗？”杰里·沃尔登问。

汤姆严肃地点点头说：“恐怕这是唯一的解释，杰里。”

大家担心地陷入了沉默之中。

汤姆最终摆脱了阴郁的情绪。“呃，那个，”汤姆说，“这件事就让我们情绪低落的话，真是毫无意义。我会做好所有的准备工作，一得到外星朋友的信息我们就起飞。要是幸运，我们仍然能赶在那些C国人的前面抵达！”

埃文·格伦农捶了一下桌子，说：“挺好。我的意思是说，好小子——这就对了。”

“你说得对，儿子。”斯威夫特先生站起身，搂着汤姆的肩膀说，“这对我们所有人来说都是个挑战，现在唯一的办法就是认真对待这项任务。”

“遵命，爸爸。我认为要做的第一件事儿就是让我们的外星朋友知道有一组科学家将去迎接他们，并且会倾尽全力与动物们正患有的疾病进行对抗。”

“好主意。”斯威夫特先生赞同地说道。

他们通过电脑发出了这条信息。到会议结束时，大家的士气已经高涨起来了。

汤姆以全新的热情投入到这项计划中来，他立刻开始准备太空航行。所有部门都开始加速工作。亚弗·汉森，首席模型制作工程师，承诺在48小时内，准备好汤姆改进的超级斥力装置的模型。与此同时，在费林岛上，这艘新的太空飞船已经初具规模成形了。

会议结束后的那天，在下班回家的路上，汤姆跟巴德说："你对明天的火箭旅行感兴趣吗？"

"无论何时都感兴趣！"巴德轻声笑着说，"怎么了？"

"我想快点飞到太空站去，观测一下月球。我们需要更多的数据来进行月球探险。"

"算我一个，机长！"巴德回应。

汤姆建造的太空站卫星，镶嵌在一个巨大的环形部件上，被送入距离地球35200千米的轨道上。其中的一个部分装置了一架巨大的望远镜，用来对地球大气层阴霾以上的区域进行宇航观测。

发射定在第二天下午的2点。汤姆没有使用他的火箭飞船——星剑当年就是乘着它第一次征服外太空的。汤姆决定乘坐一艘原子运载火箭，这种火箭常往返于太空轮和费林岛之间。

最后一辆油罐车开走了，机修工们爬上巨大的银色弹体，检查阀门，收紧链接。

随着起飞时间的临近，雷达天线扫描着天空。大家被运输机送往火箭头部的飞行员舱，有五层楼那么高。

"所有人撤离发射区！"一个声音通过对讲机讲道。

在飞行舱，汤姆对着传声器说："雷达报告！"

“全部撤离！”乔治·狄林回话。

汤姆把飞机切换到自动驾驶模式上。在由混凝土建造的发射管制台上，电子计时器开始滴答作响，进行倒计时。大家躺在加速床上，扣上安全带。

“倒计时20秒！”扬声器发出刺耳的声音，“19秒……18秒……”

小伙子们互相看着对方咧嘴笑着。

“真是无法理解，在点火升空前，我的心脏跳动的声音怎么这么大。”巴德咯咯地笑着说。

轰隆隆隆隆！在发射区烟雾滚滚升起。一瞬间，火箭尾部似乎悬着一条火柱。之后，火箭以高速直冲云霄。

随着加速的冲击，大家抵着他们的各自床平躺着。渐渐地，随着汤姆的反吸引力中线补偿器开始起作用，压力减轻了。片刻之后，红灯开始闪烁，嗡鸣器报警了，定时喷射器启动，推进第一节火箭。新爆发出来的一股力量使飞行舱不断震动。一个接一个，火箭的另外两节先后脱落。

发动机雷鸣般的轰鸣声消失了，因为火箭进入了运行轨道。大家解开安全带，汤姆用无线电向基地发回报告。

“现在是我喜欢的部分。”巴德说，“穿越太空的愉快之旅。”

巴德摁了一下按钮，透明的飞船天窗外面覆盖了一层铁皮，是当飞船穿越大气时，用来保护它。这层天窗打开了，露出了外面繁星闪烁的黑暗太空。向下面看，地球似乎像是一个巨大的球体，海洋和大陆的轮廓清晰可见。

“在我们抵达太空站之前，要打发掉4个小时的时间。”汤姆说，瞟了一眼镶有刻度盘的控制面板。

“噢，噢！我忘了叫上桑迪！”巴德大声说，“希望她和菲利斯今晚不会为了报复，和其他人去约会。”

“她们警告过我们。”汤姆说。突然他惊奇地吁了口气，说：“巴德！我们有伴儿了！”

屏幕上出现了一个雷达光点。小伙子们专心地看着。

“看那儿！”巴德大喊道，“还有一艘宇宙飞船！”

“没有一艘是我们的。”汤姆抱怨着说。

这艘陌生的飞船位于右侧几千米的地方，在与斯威夫特运载火箭平行的轨道上。汤姆拿出一架双筒望远镜开始观察。

巴德心生不安地问：“你认为会是敌人吗？”

在大家说话的时候，另一艘飞船的其中一个火箭端口打开了。一阵烟雾和火焰，一枚导弹就朝他们飞了过来。

“这就是给你的答案！”汤姆把双筒望远镜扔到了一边，取出飞行卡带，一把抓住操纵杆。借助辅助火箭的冲击气流，他逃脱了致命导弹的追击。

“好险啊！”巴德倒吸了口气说，找了个东西紧紧抓着。

两个小伙子险些丧命，脸色变得惨白。

这时，从敌人的飞船上又喷出了一股火焰。“又来了一个！”巴德大声喊道。汤姆突然调转方向，巴德失去了平衡，说：“这些卑鄙小人！我们都还没来得及武装！”

汤姆还没来得及回答，第三枚导弹朝他们发射过来。汤姆来回地摇摆火箭，勉强躲过导弹的射击。但是还没等汤姆转动转向马达，第四枚导弹就又被发射出来了。

“小心！”汤姆大声喊道。

随着一阵爆炸声的响起，汤姆调转了火箭。但是为时已晚，火箭躲闪不及，还是被导弹击中了。导弹让火箭强烈地震动了一下两个小伙子都被重重地甩到了舱壁上。

“喔噢！”巴德惊慌失措地说，“大家还好吧？没受伤吧？”

“谢天谢地，你这个幸运儿。弹头没有在船舱上爆炸！”汤姆挣扎着回答。

汤姆看了一眼观察窗口，看到袭击他们的人已经飞进了太空的黑暗空间。

“袭击结束了。”汤姆告诉巴德。

“我们损伤得有多严重？”巴德问道。

“现在还不知道。我们最好出去看看。”

检查完压力表后，汤姆设置了轨道计算器，伴随着火箭产生的阵阵气流，导航装置把火箭船缓缓地推入轨道。然后，大家穿上宇航服，戴上头盔，从逃生出口出去了。

“别忘了固定住你那边的安全电缆。”汤姆通过太空服里的无线装置说道。

“好，知道了！”

出了船舱，大家进入了阴冷的太空。通过触发反应信号枪，大家把自己助推到船尾。信号枪就系在他们的太空服上。汤姆检查着船体受损的地方。火箭的部分机身已经被导弹撞扁。幸运的是转向电机似乎没有受到损伤。

“还能进行太空飞行吗？”巴德发来信号说。

“我是这样想的。”汤姆回答，“这枚导弹没有击中驾驶舱附近的任何地方。不过我得再去检查一下里面的测量仪器，确保我们没有出现漏缝或损坏。”

俩人身穿太空服，头戴透明圆形罩的头盔，开始双手轮换用力把他们自己助推到安全舱口。火箭飞船似乎在漆黑的太空空间里，静止地漂浮着，而他们俩一刻不停地忙碌着。

突然，巴德发出惊声大叫：“汤姆，看！他们又回来了！”

远处一个发光的物体逐渐变大。敌人的飞船正在返回要发动攻击！大家还没抵达舱口，敌人的火箭端口就喷出了火焰。

“又发射了一枚导弹！”巴德大声呼喊。

导弹偏离了几厘米，没有射中。汤姆的大脑以闪电般的速度运转着，要想出一个脱离危险的方法。他和巴德应该抛弃安全缆绳，冒险漂浮在太空中吗？汤姆决定不这么做，并发出信号，说：“巴德触发你的反应器信号枪，但是别松开！”

信号枪的冲击波把他们送到了安全缆绳的末端。

两个小伙子一边拉紧绳索，一边拼尽全力转动他们的信号枪。这个力量足够推动火箭船轻轻地离开航线。就在这一刹那，

有一枚导弹飕飕地从飞船边飞过。

“唷吼！他们又没打中！”巴德大喊。

可是胜利是短暂的。下一枚导弹正好打在了火箭船的头部。随着一阵令人震惊的巨响，飞船爆炸了！

第八章 被困太空

幸运的是在缺少空气的太空没有脑震荡。虽然如此，还是这条系在大家身上的缆绳，让大家幸免于难。爆炸后随着运载火箭的碎片，两人被甩到了外面。

“噢，哥们！”巴德通过无线电兴奋地说，“你把太空服制造得这么结实，我确实很高兴。”

“我也是。”汤姆回答。

太空服纤维内部的钢丝线圈具有巨大的抗压能力。一旦戳破就会使人在真空中爆炸。石棉隔热绝缘材料也保护他们，不会被爆炸产生的灼热气体所伤害。

与此同时，乘火箭的掠袭者再次疾驰而去，消失在繁星点点的夜空。恐惧笼罩着汤姆和巴德，大家意识到自己被困在外太空，非常无助！

“我们把缆绳系在一起吧。”巴德尽量镇定自若发出信号说，“如果我们遇到了困难，那就让我们一起面对吧。”

汤姆摁了一下信号枪，推动自己更加接近巴德。两个小伙子都只有一段磨损了的缆绳，带着装甲的太空长手动起来非常笨拙，但还是把两个人的缆绳系在了一起。

“现在怎么办？”巴德焦急地问。

“坚持住，希望能快点得到救援。”汤姆告诉他。

“我们有可能通过无线电与太空站取得联系吗？”

“恐怕可能性不大。”汤姆回答，“但是不管怎样我们试试吧。也没有什么坏处。”

大家轮流反复发出求救呼叫。汤姆知道这么做没有用，根本看不到太空站。太空站在地球的另一端——地球的大气会阻挡发射，阻止无线电波被地面接收到。但是汤姆不能打碎巴德的希望。

最后大家放弃了。透过透明的头盔彼此进行了眼神交流。

“直截了当地跟我说吧，朋友。”巴德请求道，“我们到底有没有一丝希望？”

“我们当然有啦。”汤姆坚定地说，“太空站的朋友们会知道我们迟到的事。到时候我们没有到场，太空站一定会搜索我们的。”

“但是他们能找到我们吗？”巴德问，“别忘了，敌人向我们发射导弹的时候，我们就偏离了轨道。”

汤姆也很清楚这个事实。

“那可能需要一些时间，巴德。”汤姆不得不承认，“我们也可能迷失在太空中。但是我们仍然要充满希望，不断祈祷。”

能坚持多久？两个小伙子的脑海里复现同一个问题。太空服里虽然装了空气更新系统，但是氧气的供应也只能持续几个小时。

时间缓慢地过去了，汤姆和巴德互相谈笑，目的是为了让各自打起精神。时而啜一口他们的液体口粮。在笨重的太空服里，这是大家获取营养的唯一方法。

当空气供给变得不新鲜而缓慢的时候，大家的希望变得更加迫切。两个小伙子陷入了沮丧的沉默之中巴德突然大声呼喊，打破了沉默。

“汤姆！一艘火箭！”

一线希望使得汤姆的脉搏加速跳动。是救援飞船吗？汤姆认出了银色的飞船，高兴地欢呼起来。

“是一艘斯威夫特公司的火箭，巴德！”

不一会儿，大家太空服里的无线电发出呼叫：“你们还好吗，朋友们？”声音来自肯·霍顿，他是空间轮里的电视工作人员。

“活蹦乱跳呢，肯！”汤姆用无线电回话，“来救我们吧。”

“我们在摇摆，在转圈！”巴德补充说，“看得见吗？”搂着汤姆太空服的腰部，他继续欢呼雀跃着。

不一会儿，救援火箭拽着飞船一起进入运行轨道。大家爬进入舱口。当汤姆和巴德摘掉头盔，脱掉太空服时，他们两个都脸色苍白，浑身湿透。但是一会他们就大笑起来，大家这才放心。

“你是怎么找到我们的，肯？”解释完他们的境况后，汤姆问道。

“基本上是靠幸运。无线电操作员接收到一些你们的谈话内容——就那么微弱的几句话，然后就断了。但是最终我们通过雷达锁定了你们的位置。”

肯·霍顿，30多岁，身材高挑，一头深色短发，曾是一名通信兵。在部队的时候，他开始对火箭飞行感兴趣。一退伍他就加入了斯威夫特企业集团，帮助汤姆建造他的空间站，现在他负责广播设施。

“保持加速！”肯告诉机组人员。他把驾驶的火箭开大油门，调转船头，飞船猛地一下加速出发，朝斯威夫特家族在太空的基地驶去。

当他们接近空间站的时候，汤姆和巴德通过透明的石英石窗户向外看。“每次当我看到这个东西，我起鸡皮疙瘩。”巴德敬畏地说。

“我也是一样。”汤姆也一样敬畏地说。

巨大的银色太空轮，在漆黑的太空中漂浮着，的确是令人瞠目结舌的奇观。从中央枢纽伸出了十二个辐条。一架格子望远镜从中伸出。还能看到有雷达或电视天线，以及磨光的镜子，镜子是用来聚集太阳光到太阳能电池装配线上。

“检查操纵系统！”肯大声喊。当他小心地把火箭推进停机位置时，两名机组人员通过信号指导着他。肯关掉了开关，用磁力抓钩把飞船锁在了太空轮上。

火箭上的人们一个接着一个通过阻隔室上了空间站。当汤姆和巴德进入空间站时，迎接他们的是阵阵欢呼声。

“嗨，机长！你们俩真是让我们很担心！”

“发生了什么事？迷路了吗？”

“不只是迷路。”巴德咧着嘴笑着说，“有个家伙把我们炸成了宇宙尘埃，我们不得不搭乘肯的便车回来。”

当大家讲述神秘的掠袭者攻击他们的事儿时，空间站的船员们充满了愤怒。

“我敢打赌，一定是C国人干的！”鲍勃说，他是一名年轻的船员。

“有这种可能。”汤姆表示赞同，“但是没有证据，我们不能进行指控。”

汤姆和巴德四处查看太空轮的各个部分，每个轮辐都有不同的用途。有些用来通讯追踪，以及电视转播，还有的用来做电池生产。

除了船员舱，还有植物的、动物的及其他用途的实验室。

饱餐一顿之后，汤姆和巴德进入了太空站的天文台观测。这座天文台——是第一个在地球大气以外建立的，可以限定望远镜放大率的因素，很多天文学家都请求要通过它获取星际观测数据。

汤姆深知这些请求的重要性，他没有使用特权去优先观测月球。所以，他曾经想要回答的许多问题还得等一等。现在他终于知道了一些的其中答案。

汤姆给望远镜对焦。月球完整清晰地展现在眼前，非常适合近距离研究月球。

“看一眼，巴德。”他说。汤姆闪到了一边，巴德伸长脖子对准目镜。“哇哦！多么美的景象啊！”

月球的景观鲜明清晰地呈现出来，月球的表面像长了麻子似的布满了巨大的陨石坑，伫立着锯齿形的山峰和山脉。

“近的都可以着陆了。”巴德喃喃地说，“太糟糕了，这是一个死气沉沉的世界。”

“也许是贫瘠的原因。”汤姆说，“但是我们也不确定这里完全没有生命。”

巴德吃惊地从望远镜那儿缩回脑袋，说：“你的意思是说月球上可能有生命？”

“和我们平日里想的不一样，亲爱的朋友。”

巴德做了个鬼脸说：“你让我兴奋了好一会儿呢。”

“那你期待着有什么呢？”汤姆咯咯直笑。“别忘了，月球上没有湿度，实际上也没有大气层。这里所存在的——据宇航员们所了解到的是空气浓度只有不到我们在地球上呼吸的空气的百亿分之一。并且据我所知仅仅是温度的变化就足以消灭这个星球上所有形式的生命。”

“太热或太冷吗？”

“都有。”汤姆回答道，“在接触到太阳直射的部分，温度比融化了的铅还要热。而夜间温度会降到零下250度，像液态氮一样凉。”

“哎哟！”巴德抱怨说，“想想还是待在我的装有空调好看又舒适的太空服里吧。”

“如果我们想要做任何探索的话，我们就得穿着它。”汤姆告诉他。

巴德若有所思地想了一会儿。“说真的，汤姆，你认为我们着陆的时候会是什么样子？”

“举步维艰，那是确定无疑的。月球表面被山脉和陨石坑覆盖着，还散落着破碎的岩石。整个区域还被一些灰尘和火山灰覆盖着。”

“也许我们应该踩着高跷。”巴德开玩笑地说。

当汤姆想到未来的问题时，他的微笑渐渐淡去了。“将会有许多待解之谜，巴德。比如说月球的另一面看起来是什么样子。导致这些明亮的射线从陨石坑里连续射出来的原因又是什么。”

汤姆回到望远镜那里，指出了几处月球上的地标给他的朋友看。

“在右下四分之一的圆周处有一小块光滑的土地，可能是一个登陆的好地方。”汤姆评论说，“它被称作‘雨海’。”

“雨海？”巴德疑惑不解，“我记得你刚刚说过，这里没有湿度。”

“就是个名字，朋友。”汤姆咯咯地笑着说，“月球上的大平原被称作‘海洋’。但是不是有水的那种。”

“我仍然希望我们能在那儿找到生命。”

“如果有的话，也一定是在地下。”汤姆说，“我们得把它挖出来。”

“我会带上我的那套鼹鼠套装，假装我是来访的地球表兄。”

转身离开时巴德开着玩笑说。

汤姆立刻静下心来，专心与年轻的史蒂文森博士进行讨论，博士负责天文台的工作。他们还检查了月球上的磁力和引力场。

“看这里！”博士急切地说，并把他们领到了斯威夫特家族制造的一个分光镜前，“等你看到了，我再告诉你。”

一看到指示器，汤姆突然说道：“博士，你看见了吗？在月球上有一种未知的氢氧化物？”

“正是如此。”

“那真是一个令人吃惊而又伟大的发现，博士。我猜，有东西深埋在地下。”汤姆说。

“是的。”史蒂文斯博士表示赞同。

“总有一天，”汤姆宣称，“我要设法得到那种化合物！”

“我确信，在地球上它会被证明是有用的。”这名宇航员评判说。他透过望远镜看了一会儿，之后转向汤姆。“你知道。”史蒂文斯博士继续说道，“对我来说，月球一直有着巨大的魅力。不仅对我，对其他许多的宇航员来说也是如此。”

他和汤姆开始讨论起早期的宇航员来。首先是5000年前，B国人是怎样研发出一种完善的系统，来预测日食的发生；之后是在公元前，阿利斯塔克是怎样以惊人的精确度测量出地球到月球的距离。然后说到了乔治·达尔文，他的爸爸就是伟大的生物学家及史上最著名的潮汐专家，达尔文对于月球起源已经进行了最基本的假设。

其他的宇航员已经绘制出了百分之五十九的月球表面地图，

这些从地球上都能看得到。他们测量并命名了30000多个陨石坑，并且已经发现有一些跨度不到1千米，另一些的直径有240千米长。深度也不等，有的非常浅，有的非常深。像牛顿陨石坑，有7000米深。这些研究月球的人们也测量了月球上山脉的高度，并加以命名——有一些山峰和珠穆朗玛峰一样高。他们绘制出了所有的射线和细沟，还有第十四颗“豌豆”。

“真希望亲眼看一下这些东西。”汤姆一边离开，一边说。

汤姆和巴德短暂地睡了一觉，吃过午饭后，准备起飞返回地球。

“我会派一架武装火箭护航。”肯坚持说。

然而没有出现攻击事件，小伙子们平安无事地在费林岛着陆了。汤姆立刻通知家里，好让家人放心。

“噢，汤姆，知道你安然无恙，我就放心了。”斯威夫特太太在电话里叹息说，“乔治报告说你们被成功营救了，但是我们还是担心。”

“你可以放松心情了，妈妈。”汤姆笑着说，“巴德和我都很好，晚见。”

在企业集团着陆几分钟之后，小伙子们就来到了斯威夫特先生宽敞的办公室，他仍然非常担心被袭击的事。

“如果我们的敌人能去那么远的地方，可能还有更糟糕的麻烦在等着我们。”他指出。

“咱们和艾姆谈谈。”汤姆建议道，并给安保办公室打电话，让艾姆立刻过来。

“没错，机长。”艾姆回答道，“我有一些重要的消息告诉你。”

当保安机长到达时，艾姆告诉斯威夫特家的人，并认为攻击汤姆和巴德的就是C国的飞船。

汤姆点点头，说：“你得到的消息是什么？”

艾姆说他的人已经确认了汤姆在费林岛上所抓获俘虏的身份。“名字叫尼金·迪夫斯基。”艾姆透漏说，“他是一名间谍，是奥托·戴恩特里的佣人，为其效力！”

听到的人被吓了一大跳。

“那么A国调查局为什么不逮捕戴恩特里？”

“还没有掌握足够多的证据，不管怎样我们有了一个更好的计划！”

第九章 一次强大的起飞

“让我们听听你的建议吧。”汤姆急切地说。

艾姆解释说，戴恩特里的一个表兄已经被抓到了，他携带着A国政府的绝密文件。“幸运的是我们有个特工，长得非常像这个人，名字叫约瑟夫·华土罗。他在C国出生，说起话来就像本地人一样。但是现在他是一名A国反间谍。我们已经把他安插到戴恩特里身边当仆人。”

“你是怎么安排的？”巴德吃惊地问道。

艾姆笑着说：“需要做一些处理，但是戴恩特里接受了他。这样我们就有了一个内线，监视他们接下来会做什么。”

“干得好，艾姆！”汤姆祝贺他，“希望你的计划会有好的结果。”

接下来的几天是忙碌的。从约瑟夫·华土罗那儿传来了几次汇报，表明他已经成功地获得了戴恩特里的信任。但是迄今为止他还没有获知任何有意义的信息。

与此同时，在费林岛上，汤姆巨大的星际飞船的建造已接近尾声。这天下午，两个小伙子飞过去视察。

“老兄，简直是天下一绝！”巴德惊奇地说。

“这就是她。”汤姆咧嘴笑着说，“汉克说明天她将准备第一次试飞，一起来吗？”

“谁也别想阻止我！”巴德充满热情地说，“现在就去参观一下怎么样？”

“好，咱们上船。”

飞船看起来就像一个巨大的陀螺仪，闪闪发亮，悬架在四个液压着陆支柱上。方形的船舱在中间位置，辅助火箭传热管被设计在下面。

“安装在船舱上抛光了的杯状物是能量转换部件。”汤姆指出，“就像我告诉你的那样，斥力装置发射单元在外面的轨道上运行。顺便说一句，一台特殊的机器会一直开启可以与流星相斥，以免相撞。”

“谢天谢地。”巴德说，“我讨厌流星袭击我们。哎，这是什么？看起来像前阳台。”

“辅助飞船的登陆平台。”汤姆解释说。

“你是说这艘太空船还运载小型的飞船？”巴德说。

“没错。它们会停泊在这里。”穿过了闸门，汤姆向巴德展示了一个大型的飞机库舱，“然后，每一侧都有一个机修车间，用来进行紧急修理，上面就是实验室。”

他们穿过右旋舱，这里配备了车床、电焊机，还有其他的工具。他们进入了一个升降机，汤姆摁了一下按钮，升降机开始急速上升。

“这是顶层甲板。”当他们走出来时，汤姆说。他们身处一个小的机舱内，里面有成排的电子计算装置。“这些电脑会将信息输入导航设备中。当我们开启辅助火箭动力时，会为自动驾驶仪进行推算显示。”汤姆解释说。

“果不其然，这艘太空船是充满智慧啊！”巴德嘴角上扬笑着说，“不包括我哦。”

紧接着他们来到了太空船的控制室，这里安装了泵、仪表和空调设备。当他们进入飞行舱时，巴德看到了一排排闪闪发光的仪表盘、杠杆以及开关，吃惊地瞪大了眼睛。

“这都是什么装备！”

在两个石英石玻璃视窗的前面是一个凹背座椅，是驾驶员和副驾驶员坐的。左边是一个巨大的荧光显示屏。右边是一个多元刻度盘，标着行星和其他天体的名字。

“明天在驾驶之前，我会考察你这些控制装置，看你是不是都熟练掌握了。”汤姆说，“现在咱们看看其他部分。”

在远离机舱的另一边是一个小房间，里面装满了神秘的刻度盘和电子装置。“这是发射控制室。”汤姆解释说，“用来监控太空飞船接收的伽马射线和宇宙射线，隔壁的这个门通向主发电机舱，在那处理太阳能转换装置的电力输出。”

他们乘太空飞船左旋舱边的另一个电梯下来了，汤姆指着下面一个蜂窝状的一组房间。这里装有船员休息舱、居住舱、画廊。在甲板的底部装有空气和水的存储区和净化装置、辅助机舱，还有一个储藏斥力装置的隔间。

“我的头晕了，天才！”巴德说，“有了这样的设计和布局，我们都能飞到另一个星系去！”

“如果能造个月球，我就心满意足了。”汤姆咯咯地笑起来，补充说道，“如果我们决定这样做了，必须确保整个行程都有记录。我在太空船上装了一台录音机。”

巴德点点头表示赞同，之后问：“你的外星朋友有任何消息吗？”

“还没有。”汤姆说，“但是随时都可能来一条信息，所以，让我们希望飞船能够通过她的第一次测试。”

那天晚上，大家就睡在了岛上，都迫切地想要实验汤姆的最新发明，一夜都没怎么合眼。第二天一早，大家就开着吉普车赶往发射场地，这是专门为宇宙飞船安排的地方。机械师们为这个闪闪发光的怪物做着最后的准备，整个基地弥散着一种难以抑制的激动的氛围。

“一切都准备好了吗，汉克？”汤姆问这位声音沙哑的工程师。好几组观察人员站在周围，紧张地睁大眼睛看着。

“你可以在5分钟之内起飞，机长。”汉克报告说。

大家爬上悬梯，进入闸门。当他们到达驾驶舱时，巴德的脸上露出困惑的表情。“嘿，你忘了什么事儿吧，汤姆！”他说。

“是什么？”

“加速检测设备。”

汤姆哈哈地笑着说：“在这艘太空飞船上根本不需要。”

“什么？”巴德更加困惑了。

“在火箭飞船上，动力猛然的爆发，才能获得巨大的加速度。”

汤姆解释说：“但是有了我们的能量转换装置，就能从太阳获得稳定的动力供给。所以我们可以逐渐加到高速，就不用一下提供太多能量了。”

“你说得有道理！”巴德充满热情地说，“我们再也不用担心了。”

汤姆点点头说：“它简化了许多东西。比如说在发射时不再需要自动卡带。因为可以把转向调整到适当的位置；只要想这么做，随时都可以。”

“太棒了！”巴德说，“简单给我介绍一下所有这些控制设备怎么样？”

汤姆指着一排指示灯和位于飞行员的窗户上方的命令按钮。“这是元素选择仪表盘。”汤姆说，“正如你看到的那样，它列出了所有92个自然元素。”

“你想排斥哪个元素就按下它的按钮吗？”巴德问道。

“没错，下面的这些刻度盘式的开关能让你精确地选择同位素，并通过这个交互插接板，就开始运作了。”

“真是太棒了！这是天文旋转罗盘吗？”巴德指着中心控制板上的一个仪器说。

“是的——用来对行进中的太空船进行转向操作的。”汤姆告诉他，“这些大的双刻度盘是动力指示器。”

他解释这里各种各样的杠杆，有的操作定向散热器，有的是辅助火箭的。后来巴德问了关于左边的巨大的荧光屏幕的事情。

“那是太空定位仪。”汤姆回答说，“有点像一个空间雷达示波器。”

他轻轻地打开了一个小的拨动开关。当屏幕随着嗡嗡声亮起的时候，他调了旋钮，屏幕的下半部分立即被红色磷光覆盖。

“我们无论何时登陆。”汤姆解释说，“红色区域代表地球。飞行中，我们看到的行星和其他物体是圆点儿，颜色会向我们展示他们的高度是高于还是低于我们的轨道平面。”

“右面上方的那个仪表盘呢？”巴德好奇地问，“所有太空中稀奇古怪的名字都在上面。”

汤姆走到右手边的控制板，微笑着说：“正如你所看到的那样，这些刻度盘被标记为地球、月球、太阳、火星、金星等等。这样就能辨别每个天体和我们宇宙飞船的距离和相对角度。换句话说，他们能给出屏幕上所显示图片的精确读数。”

“但是这些仪表用来校准推力——他们怎么发挥作用呢？”

“它们会告诉我们需要供给我们的发射单元多少动力，可以让我们随意加速。”汤姆解释说。船舱里蜂鸣器发出警告。“是汉克开了绿灯，向我们发出信号。我们走，巴德！”

大家快速坐在自己的座位上。

“这次我们使用辅助火箭吗？”巴德问。

“只用斥力装置。”汤姆回答说，“如果它们能给我们足够的动力起飞的话，就可以断定它也可以提供足够的动力进行太空飞行。”

在观察窗外面，汉克·斯特林给了一个OK的手势。观察员和地面的工作人员撤出了发射区域。

汤姆打开斥力探测器和分析仪电路。元素选择仪表盘上的灯亮起，他的双手在同位素开关和交互插接板上忙碌着。然后他把3个发射单元旋转到相应的位置，以获得地面推力，供给斥力装置动力。

随着一阵嘶嘶声，宇宙飞船就像一枚反弹道子弹一样冲了上去。

“跳跃的火箭！”巴德喘着粗气吃惊地说。小伙子们被飞机起飞的冲击力震得几乎要失去知觉了！

汤姆大惊失色。“好像什么东西失控了！”他大声喊，“飞船起飞应该是平稳的。”

汤姆匆忙地操纵飞船，狄林的声音在收音机里传出来：“机长，返回！注意要平稳着陆！”

大家吃惊地彼此看了一眼，出了什么问题?

汤姆把飞船带回并从里面爬出来时，答案立即揭晓了。发射区域附近的建筑物好像经历了一次闪电攻击！屋顶和墙壁都崩溃变形了，窗户玻璃碎了，附近的地面上散落着砖块和大块的混凝土。

“晚上好！”汤姆气喘吁吁地说。

震惊的船员们站在废墟里。

“发生了什么事？”巴德询问。

“是你们两个用来起飞的动力。”汉克回答说，“把眼前的

一切夷为了平地！”

汤姆为此次灾难感到很难过，悲哀地说：“至于原因，是毫无疑问了。当我们起飞时，比起地面，建筑物从斥力装置获得了更强大的推动力，因为它们的距离更近。”

“但是难道斥力装置没有转向去排斥地面上的元素吗？”巴德问道。

汤姆遗憾地点点头，说：“没错，但是建筑材料和窗户玻璃中也存在着那些相同的因素——比如说，硅、铝、铁等。”

“有什么方法可以纠正它吗？”汉克问道。

汤姆耸了耸肩，说：“我必须重新设计一下发射单元，这样它们会以一条更窄的波束控制排斥波向下排出。但是，这需要花费时间，我们剩下的时间不多了。有人受伤吗，汉克？”

“我想还没有。当墙体开始垮塌时，所有的人都在外面观看起飞。不过，我们这就核查一下。”

幸运的是大家受的伤都是些掉下的碎片砸的小伤口和瘀血。汉克及时组织工作人员清理残骸。

与此同时，汤姆发出命令，把斥力发射单元从飞船上搬出来。一架运载喷气式飞机刚在飞船上着陆，他和巴德便起飞赶往肖普顿。

在企业集团，汤姆去他的私人实验室工作了，他决心尽可能快地纠正发射单元的设计。

傍晚时分，汤姆已经制订出了一个改进后的设计，并把它转交给阿特·维尔特塔立刻投入生产。汤姆打了个哈欠，靠在他的椅子上，伸了个懒腰，舒展疲惫的肌肉。突然身后有个声音说：

“来一块味美多汁的牛排，来暖暖你的胃怎么样，朋友？”

汤姆环顾四周，看见乔步履蹒跚地走进了实验室。

“听起来是不可抗拒的诱惑啊，乔，但是我仍然有事情要处理。”

“别跟我争了，孩子。”这位年迈的西部人抗议说，“此外，我有个谜团等你帮我解开。”

“谜团？”汤姆皱着眉问道。

“我觉得很奇怪。一开始我以为巴德又戏弄了我。但是当你们这些人在费林岛那边时，这件事情又发生了。所以，我想有些相当奇怪的事情正在发生。”

“你说的是什么意思，乔？”汤姆问道。

“是我的锅碗瓢盆——他们告诉我的！”

第十章 无线电泄密

汤姆几乎不能相信乔所说的："你在开玩笑吗，乔？"

这个身材结实的老厨师有点生气。

"真是不可思议！我当然没有开玩笑。我跟你说我的锅碗瓢盆一直在喋喋不休地说一些有趣的术语。我当时都觉得自己是不是疯了。"

汤姆同情地咧嘴笑了笑，说："好吧，我相信你，但是它们怎么说的？"

"哦，有一个声音说'火箭在空间站过期——霍顿将带领调查。'然后就有一些好像是宇宙无线电的模糊不清的声音从莱特·菲尔德航空医学实验室传来。今天早上，我的大炖肉锅开始一口气说出一些信息，好像是关于液态锌二乙基和固体燃料推进剂或者是一些别的蠢东西。"

"蠢东西！"汤姆从椅子上一跃而起，"乔你知道那些信息是什么吗？"

"什么？不，我完全不能理解。"

"这些是进入斯威夫特企业的绝密无线信息。"汤姆肯定地说。

乔十分震惊。“无……无……无线电信息？”乔结结巴巴地说，“但是我没有从无线电中听到过这个信息。我告诉过你我的锅碗瓢盆提到过它！”

“就是它——它们有可能被运作成扩音器。”汤姆急切地说，“快带我去厨房，给我看看在那里发生的一切。”

“好的，老板！”

乔穿着牛仔靴子，摇晃着他的大肚子，他尽可能以最快的速度带领汤姆到他的私人厨房，那里的地面铺满了瓷砖。

“他们就在这里，汤姆。”他指着他的电子工作区说。

“毫无疑问！”汤姆快速检查了炉子和平顶锅，“你工作区域里的电路一定通过诱导共振接收了我们接收站的信号。然后你的平底锅就成为探测器和播放器，就好像通过扩音器播放信息一样把信息播放了出来。”

乔张着嘴盯着这位年轻的发明家，说：“毫无道理！我理解不了你说的话。但是听起来不是什么好事。”

“可能非常糟糕。”汤姆回答道，“如果你的炉子可以接收到这些秘密信息，我们的敌人也可能会做同样的事情。”

汤姆飞奔到通讯大厦，向无线通信组报告了这个问题：“乔听到的信息已经被破译。所以，我们的发射应该来自解码器的输出或者是音频放大器。”

斯威夫特企业所有接收和发送的信息都会被翻译成密码形式。接收进来的信息自动解码后，通过汤姆的雷达打字机打印，或者用磁带记录下来，再或者直接通过扬声器和耳机进行录音记录。

“戴夫·博加德两天前给我们安装了一个新的解码系统。”一个通讯员报告说，“也许那里面出现了故障。”

汤姆命令立刻打电话给戴夫，他是斯威夫特的电子工程师，汤姆让他立刻赶到工厂，与此同时，汤姆亲自检查整个接收系统。

“这是你的问题，戴夫。”20分钟后，他宣布，“解码输出系统已经超负荷运转——承载不了太多的电压。”

“非常抱歉，机长。”戴夫红着脸说，“我立刻修理。”

汤姆安慰了他，但是他内心中汤姆很担心敌人有可能已经获得了一些有价值的信息。不过他很感谢乔及时发现了问题。

“好样的，老乔！”他想，“你值得奖励。”

第二天早上，当汤姆回到工厂时，快递了一个包裹给乔的厨房，是一个包装好的礼物。“感谢你发现了无线电漏洞，送你一个小礼物。”这是写给厨师的留言，收到礼物后乔一定很惊讶。

乔打开包裹拿出一件深红色的衬衫，是西部风格的款式还有带刺绣的金色花纹。“简直漂亮极了！”乔赞叹着说，“这是我见过的最漂亮的东西！”

华丽的衬衫是乔的最爱。他激动得手都颤抖了，试穿了这件礼物。这位头发花白的老牛仔要看看效果怎么样，因此用一个擦亮的平底锅当镜子，自信满满的就像一只肥孔雀。

“天啊！我这身打扮都可以出演电影里的牛仔了，我就自卖自夸了。”乔说，“汤姆，真不知道怎么感谢你！你真是太体贴了！”

“没事的，乔。”

汤姆开着公司的吉普车进入了主楼。在斯威夫特的套间办公室外，秘书特伦特小姐说：“艾姆先生让你一回来就给他打电话。”

“谢谢。我立刻就给他打电话。”进入办公室，汤姆用私人专线拨通了安全部门的电话，“什么事，哈伦？”

“我们收到约瑟夫·华土罗的另一份报告，这次非常重要。”

“是什么？”汤姆追问道。

“华土罗说戴恩特里昨天从C国人那里获得了一个机密信息，说当我们的外星朋友发射运载动物的火箭时，他们的太空远征队就即刻出发。”

汤姆吃了一惊。“那真是非常——非常糟糕！”汤姆说，“华土罗拦截的信息有没有说道他们会用火箭做什么？”

“没有提到这个。但是可以肯定的是，他们一定会因为获得信息而庆祝一番的。”

“恐怕你说得对，哈伦。”汤姆咬了咬牙，“谢谢你的提醒。”

放下电话，汤姆与阿特·维尔特塔取得联系，新的无线电转化器即将准备完毕。“干得好，阿特！”汤姆说，“准备好就安装到喷气式飞机上，我将亲自带它们去费林。”

接下来的几个小时，汤姆一直忙于整理资料、检查备品和设备清单，准备进行太空航行。然后他打电话给药品公司的实验部门，这个部门在肖普顿附近有实验室。刚放下电话，巴德走进了办公室。

“很高兴你来了。”汤姆说，“想不想再来一次宇宙飞船的测试？”

“当然！什么时候出发？”

“吃完午饭我们就出发去费林。你倒是提醒了我，为什么不带上菲利斯和桑迪一起？也许这是个重新挽回颜面的好机会。”汤姆笑着说。

巴德热情回应，汤姆立即给两个女孩打电话邀请她们一同参加。在汤姆私人实验室附近的小餐厅，乔给他们提供了一顿丰盛的午餐。35分钟后，这个四人小组就乘坐喷气式飞机前往费林岛。

“你确定这次不会把整个火箭基地炸飞了吗？”桑迪眼里带着一丝嘲弄，淘气的眨着她的蓝眼睛。

“别戏弄他了。”菲利斯责备她说，“他们也不常约我们出来，别搞砸了。”

“谢谢你，菲利斯！”汤姆笑着说。

不一会，透过云层就看到了费林岛，汤姆用无线电联络基地，告知无人机是自己人，然后盘旋着着陆。

从飞机场他们驾驶一辆吉普车去往发射基地。女孩们第一次看到这么庞大的宇宙飞船，惊叹不已，眼睛都亮了。

“形状太不可思议了！”桑迪尖叫着。她一直盯着看，然后有点质疑地说：“它不是精准的流线型吧？”

“穿越宇宙空间不需要那样的外形。”汤姆解释道，“借助中转器和助力器，我们可以轻松地摆脱地球的大气层。”

“我们甚至可以穿过一面厚砖墙。”巴德开玩笑说。

桑迪看着发射场周围的建筑，还遗留着汤姆第一次飞行造成的破坏场面，说：“嗯，我相信。”

汤姆和巴德带女孩们参观了宇宙飞船的内部，然后他们查看自己的驾驶区域。

“快走吧，障碍物！”汉克在无线电里说，“祝你们好运！”地面工作人员退到了一个安全的混凝土土贮仓里。

“我们走！”汤姆和伙伴们说。女孩们看得入迷，元素选择仪表盘指示灯不断闪亮，汤姆操纵着控制杆，慎重地开启动力转换器，宇宙飞船就像一个巨大的外星拜访者冉冉升起。

地面很快被他们甩在后面。一会费林岛就变成了大西洋沿岸的一粒灰尘。他们急速上升，直到地球的轮廓都可以看到了。在东部的边缘，他们看到了欧洲的海滨，被悬浮的水汽像毯子一样包围着。

“我的天啊！”菲利斯小声惊叹道，“从来没想过我能看到这样的景象。”

“学习地理的好机会。”巴德调皮地说。他对宇宙飞船今天平稳的飞行表现，印象深刻。

汤姆笑了笑，对于今天他这个新发明的表现也很满意。他一直忙着操控飞船，不断尝试找到最大举力，但能量消耗最小。当飞船飞过大气层，汤姆把铁和铝的动力减弱，增加了氮和氧的动力，同时调整了氢的作用。

“让我们来次环球旅行。”他一边说一边旋转了散射器，准备向前飞行。

就像一颗回旋的彗星，他们向东俯瞰欧洲全貌，然后横过非洲，最后一览南美和北美洲大陆。这时汤姆开始向费林岛回落。桑迪和菲利斯都兴奋得屏住呼吸。

他们平稳地在火箭基地着陆。菲利斯对汤姆说：“真是太棒了！”

“亲爱的哥哥，我一直都认为你是个天才，这次你证明了你就是个天才。”桑迪给了汤姆一个拥抱。当汤姆和其他人着陆后，汉克·斯特林和一个不知名的机组人员热烈地向他们表示祝贺。他的无线电报告也已经显示本次实验成功。

“结果怎么样？”汉克问这位年轻的发明家。

“比我预期的要好。”汤姆回答。他大概描述了一下本次试航的情况。很多人都围过来拍拍肩膀或是握手表示祝贺，汤姆微笑着回应。巴德、菲利斯和桑迪都因为汤姆成功而骄傲不已。

“你什么时候命名你的新飞船？”桑迪问汤姆，他们从飞船那边走来。

“明天。”汤姆承诺说，“但是名字还是个秘密。”

第二天一早，斯威夫特先生和夫人一起飞往费林岛，同行的还有奈德叔叔和牛顿夫人。一场小小的庆典正在计划着。这次不只有汤姆，巴德和两个女孩登机，还有斯威夫特先生，奈德叔叔和汉克·斯特林。他们都找好了位置，调整他们的安全带。

倒计时开始。汤姆的妈妈和牛顿夫人脸色微红，有一些紧张，她们向前走到一个特殊的垂直伸出的平台。每个人手里都拿着一个银色金属包装的瓶子。

当倒计时数到1时，斯威夫特夫人清晰地说："我命名它为'挑战者'！"两个女士一起摇晃瓶子对着宇宙飞船的外部构架。斯威夫特夫人的瓶子晃到一半就裂开了。但是牛顿夫人的瓶子炸开了，分裂成上千片碎片，给她来了个玻璃浴。

第十一章 意外的吉祥物

牛顿太太手托着脸，沮丧地蹒跚而来。血从她的手指和颈部渗了出来！

“她受伤了！”斯威夫特太太大喊，冲到了她的朋友身边。

幸运的是，她自己避开了大多数飞溅的玻璃。当震惊的工作人员爬上平台协助时，她架着牛顿太太。

“我们立刻送她去医务室。”斯威夫特太太说，希望牛顿太太的眼睛不会受到影响。

与此同时，汤姆和他的乘客们正在海岛上的高空翱翔，并没有意识到这起事故。当宇宙飞船在蓝天上变小时，一辆救护车冲到了事故现场。牛顿太太被抬到了车上，身旁斯威夫特太太安抚着她。

救护车加速开回医务室。辛普森医生给牛顿太太做了检查，清理并包扎了病人的伤口。然后她就被安顿到病床上。

当这位受伤的女士安静入睡时，斯威夫特太太转向了医生。“伤口有多严重？”她焦急地问，“她会——她会好起来吗？”

辛普森医生点点头说：“我确信伤口会愈合，不会留下疤痕。幸运的是，牛顿太太的眼睛里没有进去一个碎片。瓶子里是什么？”

斯威夫特太太看起来有些吃惊，说：“应该是水，为什么这么问？”

就在这时，一位身穿白大褂的化学家从实验室走进来，手里拿着一片玻璃碎片。“我们对里面的物质进行了一些检测。”他汇报说，“但是已确定它不是水。”

辛普森医生拿起这块玻璃碎片，嗅了一下仍然挂在上面的液体痕迹。“绝对不是。”他表示赞同，“知道它是什么吗？”

“还不确定，但是我猜是某种含有有机酸的爆炸混合物，”化学家回答说。

斯威夫特太太吓得目瞪口呆。是老汤姆还是小汤姆的敌人做了这件事？当实验室报告证实化学家的猜测正确时，她的担忧在不断增加。

后来，乔治·狄林叫她到医务室。“我们已经研究了那种液体，斯威夫特夫人。”他汇报说，“整件事情是一位仓库助手犯下的一个不幸的错误。他接到命令把错误的液体装进了其中的一个瓶子。当然，我们会解雇他的。”

虽然她很担心朋友的伤，但是斯威夫特太太说：“请不要开除他，我确信牛顿一家人不会希望发生这样的事，我的丈夫也不会，汤姆也不会。这个小伙子一定对所发生的事深感不安，很害怕。那就是足够的惩罚了。”

“你说的没错——他懊悔不已。”狄林说，“他已经得到了教训，如果我们让他继续留下来，他会不胜感激的。”

“那就这么办吧！”斯威夫特太太催促道。

与此同时，汤姆的乘客们激动不已，因为他们正在地球大气层以上很高的地方航行。大陆和海洋在下面延伸开去，在他们周围的黑色空间里，无数的星星闪烁着像钢铁般的光点。

年轻人坐在飞行员座位上操作着控制仪器，牛顿先生一只手搂着汤姆的肩膀。“汤姆，很难说你的发明中，哪一个是最伟大的。”他嘀咕着，“但是说真的，我相信这个超过了其他所有的发明！”

“谢谢，奈德叔叔。”汤姆说。他非常重视老人的赞美。曾有多少激动人心的冒险，都是他父亲和奈德叔叔一起参与的；还有多少伟大的成就，都是他们一同面对巨大的困难时所取得的。

斯威夫特先生对元素选择器和同位素开关尤其感兴趣，说：“儿子，你的斥力系统出现什么错误了吗？”

“还没有，爸爸。安装了新的发射单元后，一切似乎运转得很好。”汤姆回答说，“您亲自试一下控制仪器怎么样？”

斯威夫特先生迫切地接过来。有着王牌飞行员的熟练的手法，通过使用各种策略方法，他很快就操纵着飞船顺利地运行。

“现在，给大家个惊喜。”汤姆说，他的脸上突然洋溢着灿烂的微笑。“迎接尼基。”他打开一间小舱室，把一只半睡半醒的恒河猴带了出来。

“噢，瞧它多可爱！”桑迪说，大家也都聚拢过来，微笑着观看这只小动物。女孩子们高兴极了。

“它是我们船上新的吉祥物。”汤姆解释说，“我希望在追逐月球上，它能带给我们好运。它除了是吉祥物以外，它在太空中的反应也很有可能成为动物学上宝贵的科学数据。”

“让我抱抱它。”菲利斯祈求说。

当汤姆把它递过去的时候，这只猴子突然完全醒来。它挣脱汤姆的控制，跳在了巴德的肩膀上。

“嘿！它喜欢我！”这位副驾驶员大喊道。但是不一会儿，巴德发出了一声惨叫，原来这只猴子拧了他的耳朵，开始往他的头上爬。

巴德还没来得及把它拽下来，这只小生灵就挣脱了出来，跳到了太空定位探测器的顶端。奈德叔叔试图哄它下来，它又跳走了，从几个人的头和肩膀上匆忙攀爬过去，爬到了一个舱内支柱上！

舱内一片混乱。这只猴子飞快地从一个地方跳到另一个地方，最后终于落到了斯威夫特先生的大腿上。为了捕获它，这位科学家松开了控制仪器，尼基跑到控制面板上去，左右操纵杠杆并快速打开了开关。

这艘太空飞船转向后突然下降，乘客们匆忙地抓住了任何他们能够得到的东西。当斯威夫特先生把飞船控制住的时候，大家都扑向了猴子。

但是，尼基似乎下定了决心不被逮到！它冲向了发射单元控制室。汉克·斯特林紧随其后，却失去了平衡，几乎正面撞到测量仪表的边缘。

最后，冒着被咬的危险，汤姆设法抓到了他的新宠物。他试图安抚它，汤姆能够感受到这个小动物的心脏都快跳出来了。

“哎呀！它怎么了？”桑迪吃惊地问。她正气喘吁吁的，还没从兴奋劲儿中恢复过来。

“我从实验室把它拿来的。”汤姆解释说，“有人用它做了一些实验。在它身上试验了某种药物，我想它一定是对药物产生了后遗症。”

“可怜的小东西。”菲利斯富有同情心地说。她试图摸摸它，但是这只猴子蜷缩在汤姆的臂弯里，好像不愿意让人触摸一样。不久，它就完全温顺下来，坐在了汤姆的肩膀上。

当宇宙飞船着陆的时候，这位年轻的发明家决定待在船上，查看自动生成的图表，记录一些液压系统的特征。“大家下去吧。”他对大家说，“我10分钟之后就与你们会合。”

菲利斯抱着尼基，乘客们有序地下了飞船。女孩儿们对这只小猴子非常着迷。

“我要为它做一件太空服。”桑迪宣布，“这样，它就不需要一直待在太空飞船里面了。”

巴德在发射区域周围等着，并与汉克·斯特林和其他机组人员聊天。半个小时过去了，汤姆还没有从太空飞船里走出来。

“我敢打赌他在设计整个船舱。”他暗自发笑，心想，“在他开始发明一艘新飞船之前，我最好去把他拉出来！”

他爬上了舷梯上了太空飞船。汤姆没有在驾驶舱。在乘客门进行最后的观光之后，门就都被液压控制阀锁住了。

巴德乘左舷升降机下到低层甲板，心想汤姆可能在斥力设备室修改太空飞船的驱动系统。但是，不知道这位年轻的发明家去哪儿了。

巴德困惑得打开对讲系统，对着传声器呼叫汤姆："嘿，天才！你藏到哪儿去了？"没有任何回应。

这个时候，巴德才开始担心。他打开了每个房间的门，并往里面看看，从底部的甲板一直找到了上面。每个舱内都是空荡荡的。当他找到电脑室时，门紧锁着，纹丝不动。

"嘿，汤姆！你在里面吗？"

再一次，没有任何回复。巴德砰砰地砸门，并竭尽全力地想要打开门锁。这时，一阵恐惧袭上心头。

汤姆被囚禁在里面了吗？如果是这样，在密闭的船舱里，他还活着吗？

第十二章 一个令人吃惊的消息

巴德一边在脑海里想象当时的情形，一边努力地冷静思考。汤姆一定是被困在自己的太空飞船里，出不来了。

巴德知道，当舱门打开，每个舱里的空调系统就启动了。当房间被关上时，风机就被自动关掉，除非留在里面的成员按下手动开关。设计这种布局是为了保护船上的氧气供应。

巴德把耳朵贴在了门上。他听不到里面风机的呼呼声。

“在什么地方，一定有一个主开关，用来操纵船上所有的风机。”他推断说，“但是，在哪儿呢？”

没有时间搜寻了。巴德使出了浑身解数，要打开这个液压门锁。但是好像无计可施了。

在绝望中，他从工具箱里抓起了一个沉重的扳手，用力敲击门把手。门闩松动了，最后，门打开了！

巴德狠狠地把门推开，急忙进入舱内，却倒吸了一口凉气。船舱里的空气沉闷又污浊。汤姆趴在甲板上。

“汤姆！”巴德惊恐地喊着，“汤姆，你还好吗？”

他扶起这位年轻的发明家的头。汤姆脸色苍白，满头大汗。

当巴德拍他的脸颊，摩擦他的手腕时，汤姆终于眨了下眼睛。

巴德迅速返回了驾驶舱去找急救箱，拿回了一瓶嗅盐，说：“嘿，兄弟，闻闻这个！”

过了一会儿，在巴德的帮助下，汤姆挣扎着站了起来。

“唷！谢天谢地，你可没事儿了，汤姆。你真的把我给吓坏了。发生了什么事儿？”

“我正在检查液压系统。”汤姆解释说，“我注意到这道门的闩锁不灵敏了，所以我就开始从这边修理。但是，我就像一个笨蛋一样，在关了门之后，我竟然忘了打开通风了。”

巴德摇了摇头，挖苦地笑着说：“教授，你真的是心不在焉啊！”

虽然汤姆说自己没事，但是巴德坚持把他推到了医务室。辛普森医生检查了这位年轻人的脉搏和身体情况，并建议他躺一个小时左右。

汤姆有些生气，但还是遵从了医嘱。

当休息时间结束时，斯威夫特太太托着午餐托盘来到了房间里，她的丈夫和桑迪也跟着进来了。

“嘿，这是干什么——代表团访问吗？”汤姆吃惊地说，“我以为你们这些人现在都回到肖普顿了呢！”

“在你休息的时候，我们不想打扰你，”斯威夫特太太微笑着说，“此外，在医务室还有一个病号。”

听说了关于牛顿太太遇到不幸的事故，汤姆感到十分震惊。“我确实感到抱歉，如果我知道会是这样，我会立刻驾驶飞船返回地球的。她会好起来吗？”

“会的。辛普森医生说她的伤口会很快愈合，而且不留任何疤痕。”他的妈妈让他放心。还说，“她现在醒了，感觉很好。”

汤姆胃口极好地吃着午餐时，桑迪去取那只新的吉祥物，尼基，之后她大笑着描述它的一些举动。

汤姆从托盘中拿了几小块食物喂给了它，斯威夫特先生和太太就在一旁微笑地看着。

“你的新型宇宙飞船很成功，儿子。”斯威夫特太太说，“在这次登月竞赛中，它可能帮助A国赢得胜利。”

“我希望如此，妈妈。”这名年轻的发明家严肃地回答说，“当我们的外星朋友发射了运载动物的火箭时，我希望它会先带我们到这艘火箭上去。”

斯威夫特先生若有所思地皱着眉头说：“我开始有些纳闷儿，为什么没有收到他们的回信？”

“希望消息很快到来。”汤姆回答说。

当汤姆吃完午饭后，他穿上他的那双平底鞋，去看望牛顿太太去了，她就住在走廊不远处的那间病房里。他很高兴看见她精神很饱满，而且准备出院了。

除了汤姆以外，两家人准备飞回肖普顿去。他决定留在岛上，研究测试飞行的图表记录。

巴德主动提出帮忙。他睿智地点点头说：“我想紧跟在你身边，如果你错误地关上了门，我会打开通风系统。”

当出故障的门锁控制系统修好之后，小伙子们回去检查液压图表。现在，他对结果表示满意。他和巴德从太空飞船的气闸门走了出来。

他们刚从舷梯往下爬，这时通过扬声器传来了一个声音，高声说："汤姆·斯威夫特，请立刻呼叫主接线总机！"

汤姆匆忙赶到最近的一个有电话的船舱里。接线员通知他有人从肖普顿往私人专线里打电话了，原来是哈伦·艾姆斯。

"刚从华土罗那里又接收到一条消息。"警卫科长报告说，"他告诉我们要密切注意寻找一条令人吃惊的消息。"

"一条令人吃惊的消息？"汤姆有些疑惑不解，"他难道没说是什么类型的消息吗？"

"没有，这是一个匆忙的电话。"艾姆回答说，"很明显，应该没有时间说更多——或者，也许他自己也不知道。但是我想最好提醒一下你。"

"谢谢，哈伦。"汤姆说，"看起来是你的反间谍计划要得到回报了！"

艾姆一挂断电话，汤姆就用电话发布命令给身在企业集团和火箭基地的所有斯威夫特通讯的成员，要他们时刻保持警惕。每一台接收机必须24小时配备工作人员。

当听到这一消息时，巴德兴奋地吹了声口哨，说："你认为这是什么意思？"

"没有一点概念，不知道。"汤姆说。

凭借一种预感，他急忙跑回追踪中心。他的预感被证明是正确的。两个小伙子到达追踪中心后的20分钟内，电脑上的信号铃声响起了。

随着一串奇怪的符号在空间示波器屏幕上闪现，电脑快速呈现出翻译内容："呼叫斯威夫特家族的外星朋友。不要发射装有患病动物的火箭到环地球和月球的轨道上。仅把火箭瞄准月球轨道。"

这则消息最后没有留下发件人的任何线索。

巴德完全惊呆了。"嘿，这是什么情况？"他问汤姆，"如果外星朋友接收到那条信息，他们会认为那是来自你或你的父亲！"

汤姆冷酷地点点头，说："我想那正是发信人所想的。"

"你认为是C国人发送的？"

"还会有谁呢？"汤姆耸了下肩膀说，"那条来自华土罗的警示呼叫很清晰地说明了是谁干的。除此之外，手里有了复制电脑，C国人很有可能是除了斯威夫特组织以外，唯一能伪造这条信息的人。"

"暗度陈仓！"巴德突然说，"但是，他们为什么要这样做？他们到底在搞什么名堂？"

"不知道——不管怎么说，现在是不知道。也许他们认为月球轨道会更安全。因为对于地球上的观察者来说，想要知道他们正在干什么不是件容易的事。这将是一个拦截火箭的更简单的轨道。他们可能正在计划将火箭紧急降落在月球上！"

汤姆一边来回踱步，一边板着脸说："巴德，我们坚决不能让这件事情发生。我们必须赢得这次登陆月球的竞赛！”

巴德又生气又困惑地盯着他问：“你的意思是你要让这则消息发送出去——不打算撤销他们发送的信息？”

汤姆用手捋着头发，流露出为难的神态，说：“恐怕是这样的，巴德。我担心它会扰乱我们的外星朋友，不知道该去相信什么信息。他们甚至可能会放弃整个计划，我们也会失去帮助他们的所有机会！”

“嗯，我懂你的意思了。”巴德恍然大悟。

“然而，我们能做的一件事就是。”汤姆继续说，“我会让父亲给首都打电话，通过A国国务院对C国人提出抗议。”

当斯威夫特先生听到这件事时，他把手搭在了汤姆的肩上。他说：“C国的大使馆会对其所掌握的事实予以否认，并且拒绝接受抗议。他们会给它贴上荒谬可笑的标签。”

汤姆的眼睛里喷出了怒火，说：“如果我们要是把这件事算在他们身上，他们会有一大堆说辞，就像偷了高端机密的电脑那次一样！”

斯威夫特先生会意地点了点头说：“我知道，儿子，这的确让人抓狂。但是，这件事情就让我们焦虑不安了，没有任何意义。如果我们中计了，我们的敌人就占了一次上风。”

“你说得没错，爸爸。”汤姆勉强露出了一丝苦笑，“我只是希望我能和你一样镇定自若地对待这些事情。”

汤姆仍然焦虑不安。他上床睡觉时，辗转反侧了好几个小时，才最终沉沉地睡去。

后来，不知怎么的，他被一阵轻微的噪音吵醒。汤姆睁开眼睛，看见一个鬼鬼祟祟的身影，在月光下轮廓非常清楚，从开着的卧室窗户爬了进来。

第十三章 午夜访客

汤姆屏住了呼吸，眼睛眯成了一条缝儿。他一直等到入侵者成功进入房间。然后，他猛地从床上跳了下来，一把抓住了小偷，紧紧锁住！

汤姆的这一举动令小偷非常吃惊，这个人疯狂地挣扎着。他和汤姆扭打在一起，用头撞到了汤姆的腹部，结果他们两个一起倒在了地上。

汤姆紧紧抓住他不放，这个人小声说："我是华士罗！但是，不要起身，也不要开灯。我正在被监视！"

汤姆感到有些吃惊。他不知道是否该相信这位午夜造访的客人。或者，这只是个诡计呢?

"这是事实！"这个人气喘吁吁地说，"你必须得相信我！"

汤姆停止了搏斗和扭打，只是控制住了他，让这个人能自由地说话。"好吧，继续说。"他严厉地说。

"我想我被怀疑了。"这个人解释说，"因为有人在我随身携带的小型录音机上安置了一个秘密的无线电发射器。我发现这个发射器是打开的。但是，我把它关了。”

“但是，如果你正在被监视，为什么来到这里？”汤姆查问道。

“戴恩特里命令我这么做的。”这个人小声回答说，“我应该用枪威胁你，迫使你说出一些秘密。然后我会把这个放到你的鼻子下面”——他从兜里取出了一个小瓶——让你进入睡眠状态。”

汤姆的心脏紧张得扑通扑通直跳，各种想法闪过他的脑海。这是一个疯子、间谍、反间谍还是其他什么人？他真的是约瑟夫·华土罗吗?

拖延了一会儿时间，还是有些怀疑，汤姆问道：“你是怎么通过我们的报警系统的？”

整个斯威夫特家和地面都被一种控制磁场包围着。进入到磁场里的任何一个人都会自动触发房子里的警报器，除非他携带了一种解码装置。

“艾姆给了我一个你发明的特殊腕表。”这个人解释说，“这种表里面有一个微型的装置，能够使警报系统无效。但是，戴恩特里认为我偷这块表是为了穿过警报区域而不被抓到。”

汤姆仍然没有完全相信。在紧要关头，成为一个聪明的骗子的受害者，实在是太容易了。“今天的通关密码是什么？”他询问道。

“樱桃树。”这个人快速回答出来。他停顿了一会儿，然后补充说：“我的需要被修剪。”

汤姆终于如释重负地轻轻叹了口气。间谍有可能缴获斯威夫特家当前的通关密码，但是只有约瑟夫·华土罗知道得足够多，用额外的信息识别自己的身份。

“很好。”汤姆低声说，松开了对方，“如果我对你太粗暴的话，还请原谅。”

华土罗单肘子撑起自己，擦了擦额头上的汗。“我不会责备你的，”他低声含糊地说，“在这场游戏中，没人会为冒险买单！”

“有什么新的进展了吗？”汤姆问道。

“很多。”华土罗回答说，“C国人正计划着捕获火箭并把它带回到他们自己的国家，然后进行大肆宣传造势。自然，他们是不会参与帮助你的外星朋友的。”

“在我的意料之中。”汤姆咬紧牙关说。

“当获得他们想要的所有图片和数据后。”华土罗继续说，“他们才不会费心去找到任何能治愈这些患病动物的特效药呢。但是，听听这件事。他们正计划使用这种病菌做实验，这些实验是为他们的细菌战计划服务的！”

当汤姆意识到在敌人手中可能是某种致命的武器时，他的喉咙都紧了：“你知道他们的实验会是什么样的吗？或者他们预计怎样使用这些细菌？”

华土罗摇了摇头。“还不知道。迄今为止这是我能够找到的所有信息了。”他掏出了一个微型发送器继续说，“我不敢把这个东西关太久。我们要站到窗口前。我会用枪顶着你的头，好像我们刚刚打斗过，我设法征服了你。之后，我将向你盘问秘密信

息。你的答案得听起来过得去。”

“好吧。你知道关于科学的事吗？”

“知道得非常少。”华土罗回答说。

“我确信。”汤姆说，“你被派到这儿的原因是考验你对戴恩特里的忠诚，而不是从我这儿获得任何秘密的。C国人知道，甚至在死亡的威胁下，我也不会说出任何重要的机密。好，开始吧。我会帮你打好掩护的，说一些听起来合乎情理，有意义的事。”

华土罗咯哒一声打开无线电，顺势滑回到他的口袋里。他拉着汤姆站了起来，华土罗握着他的枪对着这位发明家的肋骨。

“好，斯威夫特。”他怒吼着说，“现在告诉我答案！”他假装操着浓重的口音。

“你，你想要知道什么？”汤姆用沙哑、害怕的声调说。

“你那艘新的太空飞船——它是怎么运转的？”

“我研发了一种新的介子发动机，靠介子推进系统运转。动力传送是依靠一个反射板室进行的。”

“你已经测试这艘飞船了吗？”华土罗继续问道。

汤姆假装犹豫了一下，说：“不，不——不完全是。你是知道的，它现在还没有真正完善。”

“行了，别耽误时间了！”华土罗咆哮着说，“别骗人了，老实点儿，说实话。”

“好吧，我——我承认我们已经试飞了一两次。但是都没有越过大气层就出现了一些错误。”

“比如说？”

“嗯，中子在高速等离子体中带电，无法被阻止。”汤姆支支吾吾地说，“我用一个小型的氢反应堆加大马力，但是融合失控了，并且过分驱使了高频扬声器。所以我正在通过添加补偿器和阴极跟踪器的方式修理它。”

当汤姆继续往下说的时候，他虽然板着脸，却几乎无法抑制心中的喜悦。最后，华土罗假装对他的回答表示满意。“好了。现在把这个吸进去。你这个教养浅薄的书呆子！”他命令道，并猛然用力把瓶子推到汤姆的鼻子下面。

他假装被药物制服了，摇晃着，蹒跚地向前走了两步，之后就软绵绵地倒在了地板上。当他躺在那儿的时候，他因无声的喜悦而偷着乐得全身颤抖，华土罗爬出了窗户。他从一个轻便的可折叠的金属梯子上爬了下来，这把梯子就靠在房子的一边。

汤姆等了一会儿后，小心谨慎地绕过窗子站了起来。正好躲过了月光，没人看得见他，他站在窗帘后向外面窥视。

一个人正站在公路上，公路就位于斯威夫特家庭院的篱笆墙外。他就是华土罗。他背对着房子，就好像正等待着被接走一样。

突然，一辆小汽车呼啸着进入视野。没有减速，反而加速通过，右边的挡泥板撞到了华土罗，把他撞到了公路的一边！这辆车就呼啸着开走了。

汤姆惊骇不已。第一反应就是冲到房子外面，去帮助这名不省人事的特工，他躺在那儿一动也不动，也许伤势很重。

“但是，我最好不要去。”汤姆暗自决定，因为他突然有了另一想法。这可能是戴恩特里的一个诡计，想要弄清楚华土罗到底是哪一边的！C国人当然是够无情的了，竟然使用这种战术。甚至现在有可能小汽车里的人正从这条街更远的某个角度监视着呢。如果汤姆出现了，华土罗的生命可能就处于危险之中了！

汤姆处在这种害怕的不确定中，犹豫不决。他应该怎么办呢?

第十四章 飞 毯

突然，汤姆有了个主意。他记得那天晚上要举行一个单身汉聚会，是为一名企业集团雇员举行的，名叫迪克·安普顿，他就要结婚了。这次聚会将在史黛西宾馆举行。

汤姆瞟了一下他的手表。“也许我能让迪克帮助我！”他自言自语，抓起了床边的电话。他拨打了旅馆的号码。幸运的是，聚会就要结束了。

“发生了什么事？”当迪克听出来是谁打的电话时，他问道。

“你能帮我个忙吗？”汤姆说，“情况紧急！”

“当然。说吧。”

“没有时间解释了，但是请开车经过我家——马上！如果你看到一个受伤的男人躺在路边，表现得惊讶一点。然后，下车去帮他。小声告诉他是我派你去的，如果他有任何情况，尽可能快点给我回电话！”

虽然有些困惑，但迪克还是答应了。他急忙赶到旅馆停车场。热车后加速离开，开往斯威夫特家。

他焦急地从卧室窗户向外看。10分钟之后，他看见一辆迎面驶来的汽车灯光。它减速停在了斯威夫特家的车道附近，他认出了是迪克的双门跑车。

司机跳了出来，弯腰俯身接近躺着的人。在汽车大灯的照射下，这个人四仰八叉地躺在地上。迪克扶起这名不省人事的反间谍，用力把他拖回车里，然后把车开走了。

汤姆紧张地等待着。几分钟之后，电话铃响了。汤姆一把抓起电话听筒。是迪克·安普顿从医院打来的电话。

“这个人还好。”迪克汇报说，“就是身上发抖。他说告诉你很高兴你识破了戴恩特里的诡计，没有上他们的当。还说你会理解他的意思的。”

“我理解，迪克。千恩万谢。之后再告诉你一切。”

汤姆如释重负，回到床上安心入眠了。这一夜的冒险经历又紧张又刺激，使得汤姆身心疲惫。

第二天一早，洗过澡穿上衣服后，汤姆决定立即向哈伦·艾姆斯汇报这件事情。他急切地想要核实华土罗事件的真实性。

当他给保安部打电话的时候，艾姆说是他给了华土罗那块特殊的腕表的：“约瑟夫告诉你的事情是可靠的，机长。事实上，对于昨晚发生的事情，我已经知道来龙去脉。”

“华土罗给你打电话了？”

“不是，是秘密接头人告诉我的，他充当我们之间的联系人。”艾姆回答说，“此外，你和华土罗之间小举动真的起了很大的作用。戴恩特里已经信服华土罗是真的忠诚于他的。”

汤姆突然大笑起来，说："感谢上帝！我真的很担心。"

保安部长大笑着说："汤姆·斯威夫特，既是发明家又是演员。"

对于整个事件的结果，汤姆感到心情很好。吃了一顿有培根和鸡蛋的丰盛早餐后，汤姆便开车离去了工厂车间。他在桌子旁陷入了紧张的工作中。最后的零部件，补给品，器械都得整理和检查。

"因为那条C国人发给我们外星朋友的虚假信息，我们将不得不对我们的计划做出变更。"他想，"但是如果他们能把运载动物的火箭发送到环月球的轨道上去，情况可能会更好一些。"

斯维夫特家族的救援任务和月球探险，现在可以被合并成一个单独的项目。这就意味着他们马上需要更多的物品。

"希望今天我能完成这里的工作，下午就开始投身到实验室的工作中去。"他自言自语说。

接近中午，这位年轻的发明家给特伦特小姐打了电话，说了许多信件和电报。之后，他放下工作与埃文·格伦农、费伯博士和杰里·沃尔登共进午餐。这些动物专家们急切地想要把出血清和疫苗给汤姆，让他在本次行程中带走。

汤姆笑着说："我们部门不管这个！我就是来吃饭顺便听听。"

午饭结束后，汤姆匆忙回到实验室，迫切地要在一台崭新的设备上继续他的实验。这台机器是为月球探测设计的。

组装好金属部件后，他刚刚放下铆钉枪，就听到实验室的门开了。汤姆抬头一看，映入眼帘的一切让他猛然一惊！

他在做梦吗？

一个穿着绿色太空服的微小的身影摇摇摆摆地走进了实验室！汤姆感觉颈背后的汗毛都竖起来了。是他的一位外星朋友，来自火星的访客，他终于来到地球了？

隔着奇怪的厚厚的玻璃头盔，汤姆能够识别出两只像珠子一般圆溜溜的、亮晶晶的小眼睛。当这个身影走得更近的时候，汤姆瞪大了眼睛。之后他便哈哈大笑起来！

“尼基！”汤姆伸手抓住了这只穿着太空服的猴子，把它搂进了怀里。

这时，一阵笑声在门外回响。桑迪和菲利斯冲进了实验室，咯咯地笑个不停，都快笑抽筋了。

“好吧，亲爱的哥哥，承认了吧！”桑迪得意地大笑，“有那么一刻我们愚弄了你，不是吗？”

“肯定是啦。”汤姆轻声地笑起来，“第一眼看它，我的脑袋一片空白，彻底傻了！”

“我们都尽量安静，不让自己暴露。”菲利斯高兴地补充说。

女孩看着汤姆松开了小头盔，脱掉尼基的宇航服，钦佩地看来看去。

“别告诉我这是你们俩制作的！”

“还会有谁呢？”桑迪骄傲地说。

“大部分都是桑迪做的。”菲利斯补充说，“我只是在一旁看着，提示一下。”

“空调机械装置是怎么做的？”汤姆问道。

“阿特·维尔特塔帮忙做的。”桑迪解释说，“当我们第一次要他帮忙时，他认为我们疯了——还说不可能。后来，我们坐下来，用了一夜的时间证明它是可行的。”

“需要动脑子。”汤姆评论道，“一定使用了晶体管。真的是一件令人惊奇的工作，一件完美的微型作品。”

“这套宇航服也很实用。”桑迪告诉他，“爸爸把你用来制作常规太空服的设计借给了我。”

汤姆伸出手和这只猴子握握手，猴子蹲在了他的左肩上。“月球，我们来啦！”他洋洋得意地说。

那天下午的晚些时候，女孩儿们离开之后，乔·温克勒来到了实验室，带来了一杯热咖啡。“是能让你提起精神的东西，朋友。”他说。

“谢谢。”汤姆微笑着说。他喝了几小口。“送得真是及时啊，乔！”他嘲弄地向厨师微笑了一下，“给我送这个目的何在呀？”

这位老牛仔不动声色，一直等到他觉得年轻的老板情绪适合的时候说出了来访的目的。他说：“我过来的真正原因是，汤姆，我想请你帮个忙。”

“这是当然。”汤姆说，“但是，你得先说来听听。”

“嗯，这次带我一起乘坐这艘宇宙飞船去进行登月之旅怎么样？”乔请求说。

汤姆看着这位矮胖的老厨师。虽然他有些大肚子，还有罗圈腿，但是很强壮，而且在以前的探险中也起到了很大的作用——不仅是在外层空间，还有在冰冻的南极洲、热带丛林以及大洋深处。

“我想我能帮你安排，乔，如果你真的想去的话。”

这位老牛仔的脸上突然露出了笑容，他大喊了起来：“太好了！”当听到汤姆补充说“但是不用做任何的烹饪工作”，他又突然泄了气。

“我的天啊，为什么不用呢？”乔哀怨地说，“小伙子们也得吃饭啊，不是吗？即使是乘着飞船飞到月球上也得吃饭吧！”

“没错，乔。”汤姆咧嘴笑了一下，“但是，别忘了，在太空服里，我们只能吃液体的营养物质。”

“你的意思是说，我们要一直穿着那些东西吗？”这位老人看起来有些沮丧。

“当然了。当我创造小月亮的时候，没有创造人工大气。即使我们建造一个特殊的空气包或避难所，我很可能仍然要使用脱水的口粮。”

“哦，好吧。我可以在船舱厨房里快速地做几道特色菜。”乔愉快地回应着，“那有厨房的，不是吗？”

“当然有了，乔。”汤姆说，“厨房很好，你会喜欢上它的。”

“带上我的一个烹饪炉具，我都迫不及待了！”大厨兴奋地摩拳擦掌，穿着他那双高跟的牛仔靴在地上咔咔咔地走来走去，“你知道的，老板，我一直在想，看着地球发呆是什么样儿的！”

“看着地球发呆？你是什么意思？”汤姆问道。

“哇哦，我坐夜车回老家的时候，就望着月亮发了好几次呆，当时我就抬头看着天空，自说自话陪伴自己。但是，绕着月球飞驰，我想朋友们也得望着地球发呆吧。”当他的目光落到了汤姆正在制作的新设备上时，乔停了下来，“你现在做的这个小玩意是什么？是什么新鲜玩意儿？”

这位年轻的发明家点点头说：“我打算叫它‘飞毯’或者也可以叫‘斥力毛驴’。”

乔眯着眼睛疑惑地看着汤姆。他说：“有的时候，如果我不知道烹饪的菜肴是什么的话，我就会称之为水牛炖。别和我开玩笑了。这个精巧的装置是用来做什么的？”

它是由一个扁的、大约1平方米的金属板构成的，有一根1.8米长的电线连接一个小口袋大小的控制箱。平台上装了一个金属外壳，里面有电子齿轮。

汤姆看着乔脸上的表情笑了。他说：“我不会跟你开玩笑的，老前辈。事实真的就是这个样子——一种可以飞行的毯子。它是在月球上使用的，用来运输人和物资。你知道，月球的地形非常崎岖，有大量的结晶和裂缝，因此在地面上行动非常艰难的。”

“这个东西怎么运行呢？”

“啊，这个金属外壳里面有一个斥力装置。下面有一个固定的发射单元，直接向下发出排斥波束，目的是为了能让上面的乘客悬浮在地面上方。”

“电线末端连着的盒子是干什么的？”

“那是操纵箱。”汤姆解释说，“当操作员站在飞毯上的时候，会把它握在手里。”

乔挠了挠他的秃头，说：“听起来相当不错啊，汤姆。只是那种金属的东西不会增加负荷吗？”

“在月球上不会的，乔。在那里，引力是地球上的六分之一。因此，物体的重量仅仅是地球物体重量的六分之一。”

“哇哦！”这位厨师打了个响指，“那，在月球上我就会变成一只瞪羚了。就算是有这种飘窗，也能轻松地跳来跳去。我会像一只鹿一样奔跑。什么时候能亲自尝试一下呢，老板？”

“很快，事实上当我检查完几个线路就可以了。”汤姆补充说，“我打算把它拿出去，进行一次遥控试飞。”

“这么说是什么意思——遥控？”

“我在实验室里用无线电波操作它。”汤姆回答道，“当‘挑战者’号悬停在月球表面的时候，可能要使用这种方法。”

半个小时后，这台设备已经准备好进行第一次试飞。巴德走进来想看看发生了什么事，他帮助汤姆和乔把设备运送到货物升降机，之后又抬到了楼下。他们把这个设备推到了建筑物外面的一块空地上。

一群好奇的工作人员聚在一起围观。汤姆警告他们站得离平台远一点，他要对它进行试验。“如果它不能正常运转，可能就会出现事故。”他解释说。

与此同时，乔带着浓厚的兴趣在一边旁观。“要是能带上我的艾草马鞍就好了。”他自己咕哝着，“我很想骑着它坐上飞毯兜一圈！”

第十五章 出发吧，牛仔！

在进行遥控试飞之前，汤姆决定试试短程飞行，并且使用人工控制盒来操纵。他跨上了斥力毛驴，小心翼翼地打开了开关。

旁观者们惊讶地看着这台装置升起来了，它离开了地面几米，漂浮在半空中！

“迄今为止，还不错。”汤姆喃喃自语道。他将开关拉远了一些，直到超越了围观群众的头顶：“现在进行转向检测。”

汤姆把控制盒上的小操纵杆设置成了向前运行，之后啪嗒一声按了第二个开关，它用来控制旋转上升的发射单元。这个平台反应得很平稳。汤姆发现在保持平衡上有点困难，但是很快就能在空中随意操纵了。

“干得好，哥们！”巴德高兴得欢呼起来，工作人员也热烈地鼓掌。在附近楼里的雇员们也拥挤在窗子前争相观看。汤姆露出了满意的微笑，最后他把这个空中的毛驴带回到地面上。

“让我试一试怎么样？”巴德提议说。

“好主意。”汤姆赞同地说道，“在月球上你会用到它。但是，先让我测试一下，这个操作盒你用得怎么样。”他说明了两个开关和转向操纵杆的功能，还补充说，“一开始你可能会发现操纵它有点难，所以你要注意一下。”

“看起来简单得不得了。”巴德点评说，“把斥力装置设置成不同的材料怎么样？”

“探测器会自动设置的。”汤姆解释说，“当然，它只对常见的矿物元素起作用。”

“好了，出发了！”

巴德握着操纵盒，骑上了毛驴。他太着急了，把开关开得太大，平台突然飙升，他差点失去了平衡掉下来。

“慢点儿，你这家伙！”汤姆朝着他大喊道。

“你说得没错。”巴德可怜地笑了一下，更加小心谨慎地操纵着高度按钮，平台的高度或上或下一次仅移动30厘米左右。

巴德感觉已经掌握了这一阶段的操作，他尝试了一下转向操作。头几次滑行还算平稳。但是之后的一个转弯他转得速度太快了。当平台大幅倾斜急转弯时，围观人群中传来了惊讶的声音。巴德失去了平衡，不得不用双手和两个膝盖支撑自己保持平衡，以免从平台上滑下去！

当平台恢复平衡时，巴德挣扎着再次站起来，擦了擦额头的冷汗。他的心脏仍然吓得扑通扑通地跳着。“哇！真像是美洲野马！”他倒吸了口凉气说。

几分钟的实践过后，他能和汤姆一样轻松自如地操纵平台的转向控制了。当他最终着陆的时候，巴德握了握这位年轻发明家的手。

“一件了不起的发明，天才小子！应该能在月球上派上用场了。”

“谢谢。”汤姆咧着嘴笑着说，“我想安个扶手可能会有帮助，但是会增加装载货物的难度。”

汤姆拿定主意，是时候进行遥控试飞了。他返回到实验室。旁观者们，都站在外面翘首期待着。过了一会儿，他们看见斥力毛驴开始离开地面上升了。

乔激动地咧着嘴笑。“现在轮到我了！”他心想。然后就冲向平台，单脚跳了上去。“咦吡！”他大喊道，像一名空中马术骑手，“让我们飞起来吧！”

巴德吓得惊慌失措。“乔，你疯了吧？”他大喊道，“快从上面下来！”

工作人员们也要求他下来。但是乔却非常镇定。“你们以为像我这样的牛仔，在这个小毛驴上坚持不住吗？”他气呼呼地说。

“好吧，我将向你们展示真正的驯马牛仔是怎么做到的。哟吼！骑起来吧，牛仔！”

当飞毯不断上升时，他的热情也渐渐减退了。很快，他就升到二层楼那么高了。之后，这台设备开始震颤颠簸！乔摇摇欲坠，开始疯狂地摇晃，旁观者们惊恐地瞪着眼睛。他吓得脸色都变绿了。

“咆哮的草原大风啊！”巴德倒吸了口凉气说，“这太可怕了！在乔的脖子摔断之前，我们必须采取点措施！”

“汤姆！快把他放下来！”他大喊道。

当巴德的话从实验室里的扬声器传出来的时候，汤姆刚刚打开它的电视阅览器，打算查看一下企业集团情况。他把目标锁定在测试飞行现场，聚焦现场的画面。在屏幕上出现的是乔，从众多看热闹的人上空飞掠而过，像一只歇斯底里的老鹰拍打着它的双臂！

他被现场的笑声感染得也大笑起来。但是，因为害怕乔可能会失去平衡摔下来，他控制平台缓缓地返回到地面。

当这位年轻的发明家出去迎接这位吓得气喘吁吁的牛仔时，仍然在咯咯地笑着。“你第一次独自乘坐毛驴，乔！”他边拍着他的肩膀边说，“你就获得了一对翅膀！”

“你留着用吧，老板。”乔哀怨地回答说，“野马我都能驾驭得了！”

试飞结束后，汤姆和巴德往他的实验室走去。

“你有心事？”巴德问道，他注意到汤姆陷入了沉思。

“巴德，我刚刚决定，明天我们乘‘挑战者’号起飞。”

他的副驾驶员发出了兴奋的叫声，说：“你已经收到来自外星朋友的消息了？”

“还没有收到。但是，我认为我们最好在太空站做好准备。坦白地说，我担心外星的朋友可能已经努力地与我们取得联系了，是C国人拦截了信息。相信在太空站能了解到更多信息。”

汤姆拿起电话，就给特伦特小姐打了过去。让她通知所有的

乘客和机组人员第二天一早就起飞。接着，他给飞行部门打了电话，命令把所有必要的设备用运载飞机运送到费林岛上。最后一项事务是要求阿特·维尔特塔到办公室，让他看看斥力毛驴。

“对不起，阿特，让你来回这么折腾。”他道歉说，“但是，我想让你连夜再生产两个这种小配件。你能为此再加一次班吗？”

“当然可以了，机长。”阿特答应道，“也不会花费太长时间。”

在第二天早上七点，汤姆、巴德、乔和三位动物专家登上了一架喷气式飞机向费林岛进发。在火箭基地，他们检查、调整‘挑战者’号后准备起飞。

随着最后一批物品被装载到飞船上，汤姆对汉克·斯特林说：“汉克，请派出一名高级船员。”

汤姆的模型工程师点点头，笑着说：“有许多志愿者想要进行月球之旅，在‘挑战者’号飞行之前，我挑出了五个最佳船员。”

当他说出选择的船员时——所有的人都是有经验的太空飞行员——汤姆点头表示同意。

20分钟之后，热切的乘客们登上了‘挑战者’号，而后气闸门被密封好了。汤姆坐在控制设备旁的座位上，尼基蹲在了他的肩膀上，巴德坐在了副驾驶的位置上。

“好了，请大家系好安全带，”汤姆环视了一圈说。在飞船直冲太空时，他很高兴，既没在费伯博士的脸上，也没在埃文·格伦农的脸上看到一丝丝的紧张。“一切还好吗？”汤姆问他们。

费伯博士点着头微笑，眼镜后他那双锐利的灰色眼睛在闪闪发光。埃文·格伦农愉快而又诚恳地对着年轻的机长微笑。“上战场吧，小伙子！简单地说，我们出发吧！”

地面上的工作人员发出了清除完毕，准备起飞的信号，乔治·狄林的声音从广播中传来：“祝你们好运，朋友们！”

“谢谢，乔治。”汤姆回答说，“我们需要你的祝福来赢得这场竞赛！”

他打开了斥力装置。元素选择仪表盘上的灯光闪烁着，汤姆把元素选择器调到最大升力，给发射单元输送能量时，他一直注视着指针。飞船急速攀升。

当‘挑战者’号在空中航线上平稳飞行时，乘客们聚在窗口看着地球在慢慢变小消失。

“要是能带上我那辆颠簸的飞行马车，”兴奋的乔喋喋不休地说，“这一定是某种平板马车，汤姆！”

杰里·沃尔登惊讶地吹了个口哨。“我本以为上次的旅行是异乎寻常的有意思，但是这次——汤姆，是我做梦都没有想到的呀！”

“甚至，我们的极地探险似乎也相形见绌了。”费伯博士有点上气不接下气地补充说。

过了1个小时，他们接近了空间站。乘客们再一次敬畏地倒抽了口气，完全被空间站银色的太空轮轨道所征服。

“太壮观了！”费伯博士说道。

汤姆微笑着，但没有时间回复他们的评论。他引导飞船进入轨道，慢慢地收回发射单元，飞船突然急剧上升。飞船和太空轮似乎要撞到了一起！

“哇哦！”汤姆倒吸了口气，疯狂地旋转发射单元。就在距离缩小到危险点的时候，他突然转向了。

“出了什么问题？”巴德气喘吁吁地问。

“我无法以一个足够低的相对速度把飞船带到太空站上去。在太空站上面，两艘船的引力会把我们粘在一起，我不想使用太空站上的斥力波。它会让太空站脱离轨道。”

“你能做些什么？”

“我让飞船进入到太空站运行的相同轨道，但是周转率稍高一些，然后从后面赶上它。我想，必须使用一些压缩棒，抵消影响，把我们分开。”

汤姆把控制装置交给了巴德，他匆忙地去监督架设两个强大的镁棒和一个塑料坡道。然后，汤姆、汉克和两名机组成员穿上了太空服，穿过阻隔室到飞船外面去了，他们用安全缆绳快速把自己和飞船连接在一起。

使用由太阳能充电电池驱动的电动铆钉枪，他们很快就把压缩棒固定在宇宙飞船的外部框架上了。巴德一边用手操纵着控制装置，一边透过驾驶员的窗子向外看。

爬上登陆平台后，汤姆向巴德发出信号试着再靠近一次。现在在同一轨道上，这艘飞船和太空轮逐渐对接在一起。这次是气压棒抵消了影响，阻止了碰撞。

汤姆返回机组舱，解开头盔，巴德说："干得好，哥们。"

"我们必须得铺设坡道，"汤姆回复说，"与此同时，你们所有人请穿上宇航服，随时做好准备到太空站去。尼基，你也得穿上。"他笑着补充说。

几分钟之后，一切准备就绪，机组人员准备一个接一个地走过斜坡。费伯博士、埃文还有杰里承认，第一次进入太空进行冒险，他们多少还是有点紧张的。

尼基，那只猴子，当初把它当成一名机组人员原本是一个玩笑。它摇摇摆摆地走得很慢，以至于杰里顽皮地推了它一下。"快点吧，你这个行动迟缓的家伙！"

令他恐怖的是，这个吉祥物居然被弹起飞到了太空中。

第十六章 嗬，这就是月球！

杰里试图跟着猴子一起飞出去，但是汤姆及时地一把抓住了他。

“别动！”这位年轻的发明家大喊道，害怕出现另一起事故，“你和我去处理这件事，巴德！其余的人都留在这里！”

这两个小伙子触发了喷气枪，把他们推了出去追赶猴子。这只穿着宇航服的小生物已经被抛出了很远，进入了太空中。依靠喷气速度小伙子们才追上了这只小猴子。

“我抓住它了！”巴德通过传声器喊道，他伸出手去抓尼基，因为带着太空长手套，显得很笨拙。但是，他却没有把尼基的变化无常考虑在内。

一半是因为害怕，一半是因为贪玩，这只猴子迅速地从他手里逃走了。汤姆掉头去抓它，却使得这只小动物突然朝新的方向跑掉了！之后展开了一场疯狂的追逐。汤姆满脑子都是这个想法——要是这只小猴子反弹到他们的安全缆绳以外的距离怎么办？他紧张得汗流浃背。

幸运的是，这两个小伙子最后把尼基围在了他们环绕的手臂内。汤姆一把抓住了他的宠物，把它紧紧地搂在了怀里。

他们一起回到飞船。“唷！”巴德对传声器气喘吁吁地说，“说起接住这个地滚球——比接住高弹球还难很多。”

吉祥物获救了，成员们终于松了口气，他们排好队有序地穿过斜坡进入了太空轮。太空站的工作人员，看了这令人疯狂的一幕，都对这个穿着绿色宇航服的小东西感到困惑不已。

“不要告诉我们，你们已经航行到了另一个星球，带回了一名当地的居民！”肯·霍顿评论道。

汤姆摘下了这只猴子的头盔，说：“见见尼克吧，我们的太空猴儿！”

太空船员们咧着嘴笑了下，但是很快就陷入了一段尴尬的沉默。

“出了什么差错吗？”他问霍顿。

“坏消息，机长。”肯愁容满面地汇报说，“就在你们到达之前，我们接收了一条C国人的广播。他们宣布登月火箭已经发射了。”

来自‘挑战者’号的这伙人一时间目瞪口呆傻了眼。“那么就是说，他们在我们开始之前就已经打败我们了。”巴德抱怨说，“他们将会夺取那些生病的动物，也会宣称月球归他们所统治！”

他的话使大家深刻地明白了事态的严重性。但是，汤姆没有被吓倒。“他们之前就已经发出了虚假声明。”他指出，“在我们承认被击败，认输之前，让我们先核查一下那条公告。”

他急忙赶到无线电舱，命令操作员向费林岛发出信号。狄林回应，汤姆要求他和身在企业集团的哈伦·艾姆斯取得联系。

“收到！”他回复已收到命令。

几分钟之后，艾姆的声音被传送到太空站。

“收到那条公告了吗？”他们问安全主管。

“当然了。”艾姆说，“但是，我确信这条公告没有什么。”

“怎么会呢？”

“我与情报机构协商了一下，他们根本就不知道C国的太空火箭发射升天的事。”艾姆解释说，“通过我们的秘密联系通道也问了华土罗。他说戴恩特里对于火箭的事似乎也一无所知。所以，这很可能完全是个骗局。”

汤姆长叹了一声，松了口气，说：“正是我怀疑的那样，哈伦。但是，我很高兴你查阅了信息。”

当听到这则消息的时候，太空站工作人员和来自‘挑战者’号的汤姆这伙人都欢呼起来。

“下次我上他们当的时候，打我一拳让我清醒过来。”巴德道歉说。

“除了汤姆以外，我们都上当了。”肯·霍顿补充说。

虽然松了口气，但是这位年轻的发明家仍然有些担心。由于C国人的干扰，他可能已经错过了来自外星朋友的信号。“最好也和他们核实一下。”他拿定主意说。

使用太空轮强大的发送器，汤姆发出了一次密码呼叫，让外星的朋友知道他们的计划。当人们等待回复的时候，太空站里弥漫着一种悬疑的气氛。

“你们最好放松点。”汤姆苦笑着说，“这可能需要一段时间。”

“在你们的太空站里有一个动物实验室，是吗？”安东·费伯询问道。

“我们的确有。”汤姆告诉他说，“我们使用它进行太空医学实验，研究真空、宇宙辐射及缺少重力对各种类型生物的影响。你和同事们想去看看？”

“挺好！”埃文·格伦农表示同意，说，“太棒了！”杰里·沃尔登也表现得很感兴趣。

汤姆带领着三位动物专家进入了一个实验舱，并向他们介绍值班的技术人员。访客们对太空轮的研究设施感到惊讶。很快，他们就全神贯注地讨论血清和其他可能辅助治疗患病动物的措施。

与此同时，对于正在等待的人来说，时间过得很慢。几个小时过去了，巴德抱怨说：“这种等待让我有点沮丧。”

“噢，不要让它带你走太远了，不然会坠下轨道的。”乔开玩笑说。

三个人坐在了工作人员的船员舱。突然，一个声音在对讲机里说：“汤姆·斯威夫特，请到跟踪舱来！”

汤姆听到消息立刻赶了过去。“发生了什么事？”他问值班的雷达操作员。

这名工作人员指向闪闪发光的几个数据，说：“我们接收到了一些信息，机长，你看一下吧。”

在其中一个屏幕上，清晰可见一道微小的波动的光。

“你能识别出来吗？”汤姆问道。

操作员研究了几个刻度盘，并把信号调整到最大强度。“它运行的速度很快。”他报告说，“很明显，它是刚刚从地球上发射的某种火箭或是太空导弹。”

太空轮上的每一个触角都调整来监视这个物体发出的信号。它的航向渐渐变得清晰了。

“是前往月球的！”汤姆愤怒地咬着牙说，“我们最好立刻起飞！”

他一下跃到了对讲机前，大声地喊出命令。“挑战者”号的乘客们匆忙地穿上了宇航服。紧张的氛围突然被打破，每个人似乎都充满了新的活力和热情。

“祝你好运，汤姆。”肯·霍顿说，“我多么希望能和你一起去。”

“如果让月球安全了，这绝不会是我们最后一次航行。”汤姆告诉他说，“你会进行下一次探险的，肯。”

固定好头盔后，这伙人排队穿过气阀阻隔室登上了‘挑战者’号。汤姆坐在了驾驶舱的位子上。

“出发！”他低声说。

他给斥力装置输送动力，这艘飞船像颗彗星一样起飞了，一道光掠过地球。甚至在太空站，他们一直以很高的轨道速度飞驰着。汤姆控制着斥力方向，以至于飞船离开了轨道，划出一道长长的优美的曲线，加速前往月球。

突然，对讲机噼啪作响。“我们已经锁定了那艘火箭，机长。”一名工作人员汇报说。

“在哪？”

操作员从他的仪器上读出了相对的角度。汤姆和巴德透过视窗窥视了一眼。

“在那儿！”巴德大喊。

在远处看，敌人的火箭仅仅就是一个发光的小点儿。汤姆调转航向，增加动力使它进入更加接近的范围内。很快，他们就不分上下地你追我赶。

“我要是也能这么快多好呀！你说这是什么玩意儿呢？”乔喃喃自语地说。

银色的导弹是圆的，前端凸起，抛光反射器展开，就像周围长满了花瓣一样。这艘飞船是尾锥形的，漏斗形船尾再次喷发，排出了一道微弱的闪闪发光的废气痕迹。

“很有可能是离子火箭。”汤姆回答说，“由太阳能涡轮机或是电池驱动的。”

“是C国人吗？”巴德问道。

汤姆冷冷地点点头，说：“一定是。”他一边说，一边把节流杆推得更大，给斥力装置提供更多的动力，使其加速运转。

当两艘飞船以不可思议的速度呼啸着穿越太空的时候，这场登月竞赛就这样拉开了帷幕！

“接替我一下，巴德。”汤姆说道。把操纵装置交给巴德后，汤姆在无线电通讯员的位子上，发出了一条密码信息：

汤姆·斯威夫特呼叫外星朋友。我们已经出发去月球了。敌人的飞船也在去月球的路上。请告诉我们有关运载动物火箭的计划。

要是他们回复了信息，打破这令人费解的无声的屏障该有多好。

啊！汤姆充满希望地等待着，眼睛紧紧盯着空间示波器。当一个符号在屏幕上突然闪过的时候，汤姆激动得心脏都要跳出来了。紧接着出现了其他符号。当电脑破解信息的时候，汤姆也在一旁翻译着。

“装载患病动物的火箭很快将被发射到环月球的轨道上。”

这个答案让他重新燃起了更多的信心和决心。他必须第一个到达运载火箭那里，才能挽救他的外星朋友，解决他们的困境。

仔细考虑了当前的情况，汤姆决定尝试着与C国的飞船用通讯的方式沟通一下。毕竟，飞船上的人本身也是科学家。如果以一种友好的方式对话，也许他们会选择合作。

他用无线电发出了一个呼叫信号。但是，不断的努力带来的结果却是没有任何回应。最后，汤姆放弃了。他告诉飞船上的其他成员运载动物的火箭就要发射后，就返回到驾驶舱，去操控飞船了。

“我们要超过他们了！”巴德汇报说，“敌人的飞船已经在我们的船尾后面，落得非常远了。”

“让我们加快点速度吧！”汤姆给斥力装置传送了更多的动力。慢慢地，C国人的飞船变得越来越小。

“真是没了王法了！把这些太空偷牛贼打得落花流水！”乔大声吼道。

汤姆咔嗒一声打开了太空定位探测器。地球现在已经缩小成一个小圆盘，然而月球的尺寸却在迅速增长。50分钟后，透过视窗可以看见，月球正在慢慢地接近，无边无际而又光芒四射。

“真是令人难以置信啊！”费伯博士倒吸了口气说，声音小到几乎听不见。

月球许多显著的特点肉眼都清晰可见——起伏的山脉、巨大的裂缝和火山口、伟岸的黑暗平原。杰里·沃尔登和埃文·格伦农支起飞船上的望远镜更加近距离地研究月球表面。

“机长。”杰里忽然喊道，“那边发生了什么事！”

汤姆离开了飞行员座位去观看。能看出来是一块乌云在不断蔓延。其他人轮流进行观察，对于这种现象给出了各种各样的理论依据。

“也许，在月球上还是有生命的。”巴德说，“可能是因为一群月球生物已经看见了我们，他们不顾一切地急忙冲向躲避处。”

汤姆觉得更有可能是来自飞船排斥波束的脉冲，搅动起来的一阵岩石碎屑和火山灰。汤姆已经开始降低飞船的速度，通过排斥目标——月球。

当他们越来越靠近的时候，一阵兴奋的浪潮在船员间涌动。

当他们离月球表面仅有不到50千米的距离时，汤姆减轻斥力装置的排斥力，开始缓慢下降。

这些太空行者的周遭是一片令人敬畏的寂静。他们开始向前行进，好像着了魔似的，直到汤姆把飞船停靠在哥白尼陨石坑的上方。

“看，我们到了，兄弟们。”

这位年轻的发明家简单的宣布打破了沉默，整个‘挑战者’号立即回荡起自机组人员的热烈的欢呼声。

“咦！”乔大叫着，他和巴德一把把汤姆拉过来，兴奋地拥抱在一起。

“汤姆·斯威夫特，第一个登上月球的地球人！”巴德大声宣布，“你就是一个奇迹，哥们！”

汤姆嘴角上扬微笑着，既高兴又感动，“谢谢你们，伙伴们。”之后他变得严肃起来，说：“但是我现在只想说，现场的各位已经帮助我抵达了目的地。”

然后，大家去近距离仔细地查看这个位于他们下面的巨大的陨石坑，跨度有80千米宽，被高耸的岩石墙壁环绕着。坑内似乎充满了坚硬的碎片和瓦砾，这些都是远古滑坡时留下的。任何人掉进去都犹如落入死亡陷阱一般。

汤姆发出命令，用雷达探测灰层的深度。之后他转向巴德说：“想要坐着飞毯去探索一下吗？”

“当然想去！”巴德充满热情地笑着说，“哥们，我都迫不及待了！”

汉克留下负责操纵装置，汤姆和巴德、乔，还有其他几个人下到了飞机库舱。在这里他们穿上了太空服，并且拉着两个斥力毛驴穿过气闸阻隔室，来到了升降平台。乔带上了一个又长又轻的金属杆儿，想用自己的方法去检测灰层的深度。

“像是某种长了长角的蛋糕测试仪。”这位老西部人咯咯地笑着说。

小伙子们登上他们的斥力毛驴，在灿烂的阳光下起飞了。巴德兴奋不已。

“想想，汤姆。”他通过无线电大声地说，“实际上，我们现在已经在月球上了！我从没想过——”

巴德停止了讲话，他的飞行平台突然倾斜了一下。接下来把巴德推向了灾难！

第十七章 一次叹为观止的操纵

巴德疯狂地去抓离他最近的支撑物。巴德设法抓住了斥力装置的防护外壳，并紧紧握住不放，这一切完全是靠运气。但是，这个平台无法恢复平稳！巴德的位置的确是太危险了。

“这边！抓住这个，朋友！”乔催促道。他探出身去，把他那只用作深度探测仪的杆子尽可能推得更远一些。

巴德笨拙地操纵着这个毛驴，但就是够不到那支杆子。

“不要驾驶或操纵斥力装置了，试着在空中悬停着！”汤姆用无线电指挥说，“我这就去接你！”

他把平台移动到巴德的下面，帮助他的朋友从上面滑下来。汤姆掉头回到了飞船的登陆台上，巴德借助了开关电缆把自己的毛驴拖在了他们的后面。

“要是喝了我的章鱼汤，你就能在千钧一发之际侥幸逃脱了，巴德小子！”乔评论说，帮他一起通过气闸阻隔室。

“我早就知道了！”巴德喘着粗气说，“那个东西出了什么问题，汤姆？”过了一会儿他问道。当时，这位年轻的发明家正在飞机库舱里面，检查这架出了故障的平台。

“斥力装置需要做些调整。”他喃喃低语道，伸手去够他的工具包。“一定是在上升的过程中，颠簸导致运转失灵了。”

在调试过电路之后，汤姆断定平台是安全的，小伙子们再次出去冒险了。尼基，跳到了汤姆的肩膀上，坚决要跟着他们一起去。

在耀眼的太阳光照射下，他们在陨石坑来回徘徊，并且下到坑内检查了边缘墙壁上呈阶梯状的内部斜坡。

当他们再次上升到山顶时，汤姆对着太空服内的无线倒吸了口气说：“巴德，C国人的火箭来了！”

这艘飞船超出了地平线，如箭一般的飞速行进。它向小伙子们猛扑过来。接下来，他们的敌人发射了一连串的小型导弹，火焰从炮口喷射而出。

这两个小伙子不得不疯狂地操纵着他们的平台，以避免被击中。这对于汤姆来说，无疑是加倍困难的，他不得不一只手控制着平台，另外一只手紧紧抓住尼基。但是，当导弹不断从小伙子身旁飕飕地呼啸而过时，汤姆判定这种猛烈的攻击，主要目的是为了吓唬他们的。“否则的话，他们在这之前就已经打中我们了。”他心想。

“‘挑战者’号呼叫汤姆。”操作员的声音从太空服的无线电中传出来，气得都快说不出话来了，“C国人刚给我们发来一条信息。上面说：‘此次攻击仅仅是为了告诉你们，我们将不会妥协。立刻返回地球，否则将在这里面临一次真正的战争！’”

汤姆大脑飞速运转，尽量不让愤怒迷乱心智。“告诉他们，我们这就离开！”他用无线电回复。

“汤姆，你说的是真的吗？”巴德难以置信地插嘴说，“难道我们——”

汤姆打断了他的话。“传递信息！”他告诉操作员。

小伙子们迅速回到飞船上，操纵他们的平台进入了飞机库舱。当猛地拽下头盔时，巴德已经面红耳赤了。

“汤姆，你的意思是，就让那些伪君子把我们从月球上吓跑吗？”他谩骂着。舱内其他的机组人员说他们反对巴德所说的话。

“我说，我们会离开。”汤姆回答说，“那仅仅是意味着，离开这里——而不是月球。”

当他们意识到这位年轻的发明家脑海中有清晰的计划时，所有人的脸上露出了笑容。汤姆带领他们急忙赶到了驾驶舱。当汤姆接受操纵装置的时候，汉克疑惑地看了他一眼。

“搞什么名堂，机长？”

“我们将尝试一种新型的防御——排斥波。”汤姆解释说。他把排斥陨石的斥力调到最大，进行全速运转。排斥力从船体上镶嵌的微型辐射体里喷射出来。汤姆还把他其中两个主要的斥力发射单元对准了敌人的太空飞船。

很明显，对于汤姆说很快就会离开这件事，C国人并不满意。他们到远处兜了一圈，然后从‘挑战者’号旁边经过时，又发射了一枚导弹——大到足够把这艘太空飞船炸成碎片！

令敌人吃惊的是，导弹在离‘挑战者’号30米的地方停了下来，竟然反弹回去，掉入了陨石坑里！

“噢，哥们！”巴德咆哮着喊道，“我都能想象出那些人的嘴脸是什么样的！”

全体机组人员都哄堂大笑。

汤姆边转动发射单元进行起飞，边咧着嘴笑。几秒钟之后，‘挑战者’号加速飞向月球的暗影区。当他们绕过耀眼的阳光进入到月球之夜时，汤姆打开了辅助火箭发动机，产生的动力使太空飞船悬浮在空中。

“接下来怎么办？”巴德问道。

“我们就这样潜伏在黑暗里，一直等到拦截运载动物的火箭的时候。”汤姆解释说，“我确信我们的敌人没有这样的设备，能使他们的飞船在太阳射线范围外保持悬浮状态，因此他们是不会打扰我们的。”

C国人没有试图效仿，尾随其后。汤姆在安排了各种探险成员站岗放哨后，建议机组人员先睡上一觉。他和一名无线电工作人员站第一班岗。

很快这艘飞船陷入了一片沉寂，除了火箭发动机发出的单调而又稳定的嗡嗡声。半个小时过后，听到乔从下面的船员舱里没有好气儿地向上叫喊。

“要是带上我的衬衫式长睡衣就好了，老板，这喷气式飞机轰隆隆地响，我根本没法睡觉。如果这种吵闹声不停止，我想我就要发疯了，像狼一样嚎叫！”

汤姆咯咯地笑着说："如果你能让这艘飞船不坠落的话，乔，我这就关掉引擎。否则的话，我恐怕你就必须得受着了。"

几句安慰的话，使得这个老牛仔悻悻地回到了床铺。但是汤姆还没来得及关上传声器，对讲机的嗡鸣声再次响起。这次是无线电工作人员。

"快点下到我这儿来，机长。"他大声说，"示波器屏幕上显示了什么东西！"

汤姆冲到了操作员那边，密切观察着出现在捕捉范围内的符号。几分钟之后，英语形式的单词开始出现在电子翻译器的翻译带上。

这两个男人一起激动地念道：

"外星人给汤姆的信息。我们刚刚已经发射了我们的动物运载火箭。"

第十八章 被捕获的方舟

想到在火箭抵达预定轨道之前，可能还有一段时间，汤姆决定先不叫醒他的乘客们。他觉得机会允许的时候，还是让他们睡足了觉更好一些。

随着时间的流逝，耳边的低语像野火一样蔓延开了。很快，汤姆激动的伙伴们从他们的床铺上翻滚下来，匆忙奔向了驾驶舱。

“嘿，机长！是真的吗？”巴德好奇地问。

汤姆点了点头，说：“1个小时前，我们的外星朋友发来了一条消息，说他们已经发射了火箭。”

大家喋喋不休地讨论着这条新闻。但是，当人们意识到现在正面临着一个艰难的选择时，讨论突然中断了。

“你是怎么决定的，孩子？”埃文·格伦农轻声地问道，“当火箭出现在轨道上时，我们要设法追赶上它吗？”

“那正是我们来到这里的原因，不是吗？”巴德大声说。

这位身材结实的教授高兴得咯咯直笑。

“不要担心，巴德——我不是建议掉头就跑，小伙子。就我个人而言，我想观察一下那些动物！”

“我也是这么想的！”杰里·沃尔登宣布说。

汤姆微笑着说：“很高兴你们同意我的观点。但是，让我们一起来面对它吧。如果我们确实尽力拦截那艘火箭的话，就真正与C国人交战了。对于我们所有人来说，那可能就意味着灾难，甚至是死亡。”

“我们已经阻止过他们一次了，不是吗？”巴德说。

“但是，他们可能会尝试着用其他的方式进行攻击。”汤姆指出，“我建议你们还是商量一下。”

一场激烈的讨论爆发了。飞船上的大多数人想要继续行使他们的使命，虽然其中的两名机组成员不是很愿意。

“为什么不呼叫C国人并进行谈判呢？”费伯博士平静地提出建议。“如果我们主动提出分享这次科学上的荣誉，以及研究受感染动物的机会的话，也许他们会重新考虑的。”

汤姆耸了耸肩膀，说：“我曾经尝试过一次，没有得到任何回复，但是重复发送一下我们的意图，也没有任何坏处。”

这位年轻的发明家留在了驾驶舱，把望远镜对准天空。费伯博士、埃文·格伦农和杰里·沃尔登匆忙前往无线电室。费伯博士说出了所要发送的信息内容，用C国语传送出去。大家希望这么做可以对他们的竞争对手产生一些心理效应。

但是，C国的飞船迅速回复了一条否定的回答：“我们不接受任何讨价还价。再次警告你们，返回地球去，否则后果自负！”

三位科学家沮丧地返回驾驶舱。巴德从他们的脸上看出了结果。

“运气不好，呃？”他转向汤姆说，“要我说，咱们现在就跟他们打一仗，赶快把这一切都了结了。我确信你们一定能战胜他们！”

“巴德，我们绝不会先挑起战争的。”汤姆说，“这样做违背了父亲教我的做人原则，也与斯威夫特这个名字在科学界享有的声誉相悖。但是，如果你们中的其他人愿意冒这个险的话，我也愿意继续行使我们的使命。你们意下如何呢？”

大家都响亮地给出了肯定的答案。

汤姆咧着嘴微笑着说：“那么，我们出发吧！”

“你的意思是说，火箭已经出现了？”巴德吃惊地说。

汤姆指向飞行员的窗口，说：“向外看看吧！”

听到这个消息，大家都兴奋得呼喊起来。一个微小的闪闪发光的斑点在遥远的外太空进入了人们的视野。

“我要是带了我那支六发式左轮手枪，还用等什么？”乔大声喊道，“装备好这架像野马似的喷气式飞机，行动起来吧，牛仔们！”

所有的人都迅速回到自己的位置上，汤姆和巴德分别坐在驾驶员和副驾驶员的位子上，系上了安全带。汤姆控制着操纵装置，迅速加大火箭发动机的运转。很快，他们就轰隆隆地呼啸而出去迎接太空访客！

火箭以惊人的速度不断变大。

“看起来它好像要先绕行月球有光的一面。”巴德紧张地说。

汤姆点了点头，说：“我们将在椭圆形的航道上拦截它。”他向电脑里输送信息，他的手在控制台上方忙碌地移动着，轻轻打开开关，用力按着各种按钮。

几秒钟后，计算机室的一台电脑计算出了必要的拦截路径。一连串的脉冲流回到自动驾驶系统，控制了转向装置，把飞船锁定在了航道上。

与此同时，当这个发光的物体靠得越来越近的时候，汤姆和巴德满心期待地看着。其他的乘客簇拥在他们身后，透过视窗盯着外面看。

突然，巴德向右舷瞟了一眼，他倒吸了一口凉气，说：“机长，你看！”

另外一艘飞船正全速行进，出现在了视野范围内。

它是一艘头部呈球形，尾部成漏斗型的飞船，发出了一束可怕的光芒。

“是C国人！”汤姆愤怒得咬牙切齿。他的下颌绷得很紧。

飞船现在也走出了阴影区。当他们进入到炽热的阳光里时，汤姆在操纵装置上飞快地操作着。元素选择器上的灯光突然亮了起来，这位年轻的发明家紧张地盯着看，当给斥力装置输送能量时，他时不时地快速瞥向各个仪表盘。

“挑战者”号以燃烧的速度一路全速前进。但是，C国的飞船取得了领先的位置！竞争对手的宇宙飞船离他们足够的近，以至于都能看到——它是圆形的，顶端和底部是扁平的。就像两个托盘压在了一起。

“他们是要超过我们啊！”巴德疯狂般地大叫起来，他的眼睛一直盯着C国的飞船看。

汤姆心里有些难过，没有任何回应。他给斥力装置输送了更多的能量，但是，他意识到他的副驾驶员是对的。以他们现在的速度，C国人必然会首先拦截到运载动物的火箭！

接着他又突然想出了个主意。敌人的飞船随时都有可能发射另一枚袭击导弹！

汤姆冒险降低了速度，切换到了火箭动力，并把飞船上的斥力装置对准了竞争对手的飞船。与此同时，他打开了反陨石反射体。

C国人的飞船稍微偏转了方向，很明显，无法开火了。但是，现在C国人的飞船与火箭的角度如此的狭小，以至于汤姆只能选择不接近火箭。

从‘挑战者’号上的机组人员中传来了抱怨的叹息声。“真是不走运！”巴德叹气说。

A国人无法介入，所以C国人包围目标的时候，也只能紧张地眼巴巴地看着。

“他们怎么登上或进入飞船的呢？”杰里·沃尔登问道。在这艘太空“方舟”上没有任何可见的舱口或开口。

“问得好。”汤姆说，“但是，我怀疑是否能长时间的拖住C国人。如果他们找不到任何其他的方式，会选择炸开它。”

汤姆正在把火箭的引擎开到最大。“挑战者”号离另外两艘飞船越来越近。也许仍然还有机会解救这些来自外星朋友的星球的动物们！

但是，突然汤姆的希望破灭了。许多像章鱼一样的触角，上面明显带着抓钩，从C国人的飞船上射了出来。他们紧紧固定住这艘太空方舟。之后，敌人的飞船拖着它的战利品疾速地飞走了。

“要是带上我的老式的大口径短枪，你就能阻止这些太空强盗了，老板！”乔紧紧地握住双手，颤抖着说。

其余的机组人员们也说出他们的恳求。“难道我们就没有什么办法吗？”巴德祈求说。

汤姆就这样看着C国人逃走了，脸上露出了无助的表情。他们逃进了月球的黑暗区域，‘挑战者’号刚刚从那个地方出来。

突然，让所有人都吃惊的是，汤姆一直抿着的嘴唇露出了微笑。“准备好，去营救！”他神秘地说。

第十九章 秘密符号

汤姆操纵‘挑战者’号调转方向，伴着轰鸣声发动飞船，去追C国人和他们的战利品。

“你那个二十四克拉的大脑怎么了，兄弟？”巴德紧张地问。

这位年轻的发明家对这个问题避而不答，因为他不想提早唤起机组人员的希望：“只是一种直觉而已，巴德，但是它值得一试。”

突然，无线电员的声音噼噼啪啪地再次在对讲机中响起：“太空方面又发来一条信息，机长！”

汤姆松开了操纵装置。“替我一下，巴德！”他解开安全带，就急忙赶往电子翻译器。

这条消息的最后一部分刚好被翻译过来。上面写道：

“那些动物不会存活太久。我们星球的食物形势非常严峻。请求你以最快的速度进行操作。”

这名无线电工作人员与汤姆四目相对。两个人都感觉到了这次请求绝望的紧迫感。

“有任何机会吗？”这名机组人员问道。

“我希望如此。”汤姆回答说，“但是，还得祈求好运！”

汤姆冲回了驾驶舱，把这则消息通告给其他人。

“我们不能让外星朋友失望，汤姆！”巴德恳切地说，“我们必须拯救他们的动物！”

“我打算这样做，如果靠人类的力量可以做到的话。”汤姆郑重地说。

当他讲话的时候，C国人的飞船突然呼啸着驾离了轨道，把太空方舟一起带走了。

“他们是要返回地球！”杰里·沃尔登抱怨说，“现在绝对阻止不了他们！他们一定会把飞船带回到C国！”

汤姆一言不发，但是却聚精会神地盯着敌人的飞船。他们现在飞进了月球地阴暗区域。汤姆伸出手扳动了控制仪表盘上的一个开关，打开了巨大的探照灯，这是汤姆的父亲发明的。

巴德大喊道：“他们遇到麻烦了！”

发生了一些事情。C国人的飞船和它捕获的方舟似乎失去了飞向地球的动力。他们又落回到了月球表面！

“他们会坠毁的！”汉克·斯特林喃喃自语道。

“这正是我希望发生的——他们失去动力的机会。”汤姆说。

巴德吃惊地盯着他看，说：“怎么回事儿？”

“由于他们的飞船是靠太阳能操作的，不能在黑暗中使用主驱动装置。”汤姆解释说，“很明显，他们的辅助动力供应不足以支撑飞船和太空飞碟。”

当汤姆说话的时候，他就增加了动力全速前进，寻求机会在下降的两艘飞船和月球表面之间调转“挑战者”号。

“汤姆，你疯了吗？”巴德惊讶地说，“他们会在我们上面坠毁的！”

“如果我们的斥力装置能正常运转，就不会出现这种情况。”汤姆回答说。

“但是我们也同样没有太阳能动力啊！”

“是没有太阳的直射。”汤姆说，“但是，你低头看看斥力装置，你会发现我们还有一堆特殊的太阳能电池，可以在紧急情况下使用。”

当汤姆大胆地尝试他的计划时，其他所有人都屏住了呼吸。另外两艘飞船，完全失去了控制，直接扑向了一直停留在月球表面的“挑战者”号。几秒钟之后就可能发生坠毁。

但是他们已经打开了斥力装置，并且向上瞄准了目标。当C国人的飞船和它的战利品，慢慢地停在那里一动不动的时候，“挑战者”号里传出了的欢呼声。斥力装置发出的波束成功地阻止了坠毁！

C国人的飞船立刻放开了方舟，虽然没有了额外的负荷，飞船并没有尝试着重新起飞。

杰里·沃尔登疑惑地看着。“我不信任那些家伙，汤姆。”他警告说。

一名机组成员插话说：“虽然他们很无助，我们也不能帮忙，就让他们掉在月球上吧。”

其他人也催促着采用同样的方法处理，但是汤姆摇了摇头。“只要他们在我们的掌控之中，就不能让他们坠毁死亡。早晚有一天，我们要教会C国人行事要光明磊落。”

与此同时，他打开了“挑战者”号上的磁力抓钩，通过无形的磁力线把方舟拖向自己的飞船。

他转向巴德和三位科学家，说：“我们没有时间了，朋友们。要想帮助挽救外星生命免于饥荒，这可能是我们唯一的机会了。你们准备好登上火箭飞船了吗？”

“立刻就去！”巴德宣称，费伯博士、埃文和杰里也附和着他的热情。

他们匆忙穿上各自的太空服，把汉克·斯特林留了下来操纵飞船。而后，在剩余的机组成员们紧张焦虑地注视下，这些人穿过飞船的气闸阻隔室，走了出去，随后用钩子钩住了他们的安全缆绳。

汤姆和巴德携带了各种各样的工具，目的是为了强行进入火箭时使用。而三位科学家带上了好几包血清、育苗以及其他的设备。动物专家们在登陆平台上等待着，两个小伙子乘着斥力毛驴向方舟移动。

汤姆和巴德在飞碟的表面绕了一周。它是由一种闪亮的蓝绿色的金属制作的。汤姆也不确定这种金属是什么。但是，在这个像镜子一样光滑的表面上，没有任何标志指明开口处或进入的方法。

透过透明的头盔，小伙子们交换了一下困惑的目光。

“现在该怎么办？”巴德通过太空服的无线电询问道。

汤姆若有所思地皱起了眉头。“先回到‘挑战者’号，去取某种便携的实验装备。”他做出了决定，“它可以展示给我们一些信息，这些是我们用肉眼看不到的。”

“聪明的想法！”

汤姆给飞船发信号，让船员准备好装备。而后，他们返回到登陆平台，通过气闸阻隔室把设备拿了出来。

“需要一些帮助吗？”杰里·沃尔登问道。

“现在还不需要，杰里，但是，随时准备着。”汤姆告诉他说。

他和巴德返回到方舟，开始使用紫外线检查表面每一寸地方。紫外线会让特定的材料发出荧光。

突然巴德通过无线电大声喊道：“汤姆，快看！有东西出现了！”

汤姆点了点头，聚精会神地看起来。在紫外线不断的照射下，一系列的符号沿着船体渐渐地清晰起来。它们发出的光很古怪，其中掺有一道黄色的光。

巴德看着，饶有兴趣地睁大眼睛，说：“你能读懂它们的意思吗？”

“我想我能读懂。”汤姆回答说。他心里慢慢地翻译着。之后大声地说给巴德听：“上面说，如果我们在这个点上，调整无线电波并发出一种特定的频率，我们就能进去了。”

“汤姆，你真是个天才。以前我说过吗？”

汤姆咧着嘴微笑着，给“挑战者”号回话，命令无线电操作员听从他的指挥。“最好把他们写下来。”他补充说，之后继续解释信号的准确频率和调变。

“好，知道了……收到。”操作员回复道。

当向方舟发出无线电脉冲时，小伙子们后退等待着。片刻之后，一个滑动的仪表板出现在飞碟船体上，他们惊讶得倒吸了口气。

“芝麻开门！”巴德大声说，“我想知道里面是什么？”内部太黑，他们能看到的东西很少。

“很快就会弄清楚了！”内心狂喜的汤姆说。首先他用无线电发送信息，要杰里、埃文·格伦农和费伯博士一起加入他们的行动。

三位动物专家小心翼翼地从登陆平台上起飞，乘着斥力毛驴向那个方舟移动。一开始，他们的动作有些笨拙和不稳定，但是最终成功到达了地点。

“我们开始吧。”汤姆跟他们打招呼，并解开了他们的安全缆绳。“带上你们需要的所有东西了吗？”

“希望如此吧，孩子。”埃文·格伦农回答道，其他两名专家低声认同，“就我们而言，如果地球科学知道怎么治疗，我们就会治愈那些被感染的动物！”

汤姆在前面带路，从第一个穿过方舟的通路走了进去。他转过身协助费伯博士时，吃惊地倒吸了口气。他身后的仪表板缓缓地关上了！

“嘿，怎么回事？”他不安地咕哝着。等待着仪表板重新打开，但是什么也没有发生。无线电操作员没有写下符号，把它们忘了吗?

但是，他们觉得他们应该不会如此松懈。

他突然又有了个想法。C国人也许干扰了无限电波！如果这种状况无限期地保持下去的话，这道门可能永远无法从外面开启。

汤姆试着使用自己的无线电，但是没有收到任何回答，他估计电波没有通过飞船船体。

“这很严重。”汤姆得出结论，“那么，我就努力从里面把门向侧面推。”

汤姆打开了他太空服上的电池灯，带着他那双太空装甲长手套沿着墙试探，试图确定滑动仪表板的边缘位置。

整个表面似乎像玻璃一样光滑！汤姆试了一次又一次。一阵不断增长的惊慌笼罩着他，他内心的痛苦也在不断加剧。

“放松，小伙子，放松。”他对自己说，“如果这艘火箭打开过一次，它就会再次打开。”

他继续搜索着，却仍然无法找到打开飞船门的方法。在他的头盔里，汤姆能感觉到额头上冒出的汗滴。他焦急地等待着，想着如果敌人来犯，他的朋友们一定能战胜。几分钟过去了，但是除了死一般的安静外，什么都没有发生。

汤姆沮丧地用手抓着、敲着方舟内部的墙壁。他清楚地意识到处境变得十分危险。

他是一名俘虏，被囚禁在一艘来自一个陌生星球的飞船里，里面充满了生病的动物！

第二十章 微型怪兽

意识到恐慌只能让他的处境更加糟糕，汤姆停止了他疯狂的敲击。像往常一样，当遇到麻烦的时候，他总会问自己："在这种情况下，父亲会怎么做？"

"他会保持清醒的头脑，这一点是确定无疑的！"汤姆喃喃自语道。不一会儿，他感觉镇定多了。"既然我已经身陷于此，我不妨先看一看那些动物。"他做出决定。

汤姆转过身，在火箭内部四处探照。他位于一个狭窄的通道内。他沿着这条通道缓慢地前行，仔细地查看墙壁，寻找着蛛丝马迹。

突然，内部的墙壁变成透明的了，就好像被某种内部发出的光线照亮了一样。汤姆没有触摸墙壁，他猜想可能是当电流在其中穿过时，它就会变成透明的。当不带电时，它就不透明了。

当看到墙壁以外展现出来的东西时，汤姆吃惊地倒吸了口气。一个巨大的动物花园在他眼前扩展开来——一个来自外星朋友居住的遥远星球的花园。一些植物汤姆非常熟悉，他的外星朋友曾经用另外一艘火箭发送过这些植物。那次他用能潜水直升机，火箭才没有掉到海洋里。

像以前一样，都是一些令人好奇的植物，发出红色的金属光泽，似乎是直接从火箭里长出来的一样。有一些植物看起来就像蜂巢型的郁金香，或是像倒着长的蘑菇。另外一些开出的花，长着长长的花穗，还滴着油性液体。

“那些是患病动物吧！”汤姆震惊不已地说，此时的他一直凝视着神奇的“太空动物园”里的动物。这些动物们躺在岩石上，病态十足，缓慢地动来动去，几乎都没有抬起头来看汤姆。

虽然没有马大，但是它们很像地球昏暗时期的史前怪兽。汤姆看到了像微缩版雷龙的动物——身体笨拙、脖子很长、头却很小。在它旁边的动物看起来像一只雕齿兽或远古时的犰狳。一只小霸王龙蹲在它的后腿上，慢慢地打开、关上它那碎骨式的下巴。

当汤姆吃惊地盯着看时，一只三角龙摇摇摆摆地朝他走了几步。长了角的头使它看起来像一头犀牛，脖子上长了一圈褶边骨板。其他几种物种长得也同样古怪。

“真奇怪。”汤姆心想，“那个星球上的动物都长得原始形态，而它们的主人在科学上却如此先进。”

汤姆把注意力转移到飞船内的生活环境，并查看了一下植入他的宇航服内的大气仪表。这里几乎和地球大气层同样的压力，氧气含量很高。他的外星朋友们已经开始研究幻影卫星，内斯特利亚，并学会创造这种大气，仅仅是为了汤姆和他的伙伴们能在飞船里开展工作?

无论答案是什么，他已经不再需要太空服了。汤姆脱下了太空服，很高兴摆脱了笨重的装备。

就在这时，他听到了太空飞船外墙壁上轻轻地连续敲打声。这是一组国际代码形式的信号！汤姆听后，读取了这条信息："你还好吗？门还是打不开。"

汤姆解释了他的现状，并附带简短地描述了一下他在火箭内的发现。巴德把头盔紧贴在飞船的船体上，设法获取汤姆的信号。他把这些信号翻译给三位科学家。听了汤姆简短又诱人的汇报后，他们非常惊讶，比以往任何时候都想要检验一下这些动物。

"有什么指示吗？"巴德用信号回复道。

汤姆说："做好准备，随时待命。我会找到一种方法放你们进来的。"

发完信号之后，汤姆继续沿着通道往前走。它似乎能延伸到这艘飞船的整个边缘地带，完全包围着太空动物园。

汤姆很好奇的是，似乎飞船上没有任何形式的器械存在。甲板、墙壁还有顶部都是光秃秃的没有任何修饰。汤姆仔细思考了这一问题，并判定这艘飞船一定是用敏感的金属制造的，这使得它可以被远程控制——很有可能来自特殊的卫星，他的外星朋友们在上面进行科研工作。

返回到脱下太空服的地点后，汤姆再次与飞船外面的团队进行联系。他命令巴德把飞船上其中一个斥力装置对准滑动板的角度进行照射。也许它可能会被排斥的力推回。

“遵命。”巴德几秒钟后回复道。

汤姆穿上了太空服等待着。过去了很长时间，最后这块仪表板开始一点一点地再次开启。当听到通过无线电传来的欢呼声时，汤姆咧着嘴微笑了一下。

当入口终于完全打开的时候，汤姆的朋友们列队迎接他，都焦急地问这问那。当这些新进来的人突然看到太空动物园时，他们都目瞪口呆了。

“真的是令人难以置信。”巴德吃惊地说，“从来没有见过这些动物！”

“我几乎都不敢相信自己的眼睛，”费伯博士低声说。“他们与在地球上的恐龙外形相似，真是太不可思议了。”

汤姆微笑着，用无线电向飞船发送了信息。他告诉汉克关掉对着门发射的斥力波，让门自行关闭。“给我们1个小时的时间待在飞碟里，然后再打开。”汤姆命令道。

“好，知道了！”汉克发回了信号。

当门慢慢滑动关上的时候，这一小队人就被密封在了太空方舟里，巴德不安地瞟了一眼汤姆。“到底想干什么？”他通过太空服里的无线电问汤姆。

“检查一下你的大气仪表，你就会明白了。”汤姆回答道。

得知他们能够脱下太空服，这四个人都很高兴。很明显，在开门期间暴露在真空中后，飞碟里的氧气系统已经恢复了正常。

“现在，让我们近距离地观察一下那些动物吧！”埃文·格伦农急切地催促着。

“是不是应该穿过这道透明的墙壁，去检查并给它们治疗呢？”杰里·沃尔登疑惑地皱着眉头问道。

“我想那也得先保护好我们自己，以防动物不想接近我们，”汤姆回答道。“但是，要进去的话也不会太难。”

汤姆从他和巴德带来的工具中拿出一把钻机，在内墙壁上钻了一个小口。然后，他把太空服里的仪表贴近这个小孔，检查了一下里面的情况。仪表上显示，里面的大气要比外面通道里的稀薄得多——大约和地球上海拔6千米的地方的状况一样。

“我们需要带上氧气面罩。”汤姆说。

幸运的是，他们的太空服是可拆开的，配备了可以独立使用的氧气面罩，但只能在空气稀薄但真空以外的条件下使用。汤姆和巴德割掉了一部分透明墙壁，足够他们从中钻过去。然后，他们所有人全都带上了氧气面罩，进入了动物花园，再次封住了入口。

“我们终于可以真正开始工作了。”费伯博士心满意足地说，“汤姆，这个项目是一个动物学家的梦想！”

“你确定这些宝贝儿们不咬人吗？”巴德问道，同时好奇地盯着动物们看。

“它们看起来好像几乎都没有什么食欲。”他们评论说。

“它们很有可能不会咬人。”格伦农教授赞同汤姆的说法。“我是说，他们要么病得很重，要么太温顺，也许还有一种可能就是温顺的动物病得很重，所以都无法伤害我们。看看那个家伙的肋骨都凸成那个样子了，很有可能好几天都没有好好吃一顿饭了。”

“嗯，不要那样看着我——我不是命运的决断者！”巴德急忙说。

格伦农咯咯地笑着，走到其中一只恐龙面前，双手捧着它的脑袋，检查它那双长着粗睫毛的眼睛。他温和的动作似乎对野兽起到了舒缓情绪的作用。

汤姆和巴德相视一笑。“你会认为在处理这些太空怪兽方面，他是个老手。”巴德小声嘀咕着。

与此同时，费伯博士和杰里·沃尔登也从事着类似的工作。在接下来的半个小时，他们检查了所有的动物，然后彼此商议了一下，最后向汤姆汇报。

“症状与普鲁氏菌病的症状极为相似。”杰里宣布说。

“那是好消息还是坏消息呢？”汤姆问道。

“在某种程度上，两者都是。”杰里解释说，“这是一种致命的疾病，能消灭整个兽群或物种。人类也会感染这种疾病。另一方面，我们是幸运的，因为在地球上这是一种我们非常熟悉的疾病。”

汤姆充满期待地看着三位科学家，说：“有什么治疗方法吗？”

费伯博士点了点头，说：“有一些抗生素是非常有效的。当然要治好这些奇怪的动物，我们还得等着看看效果再说。”

听到这一消息后，汤姆欢呼雀跃起来。“让我们期待好运吧！”他说。

现在，这三位专家已经准备好，开始进行治疗工作。他们给每个动物都注射了一针。

汤姆觉得自己已经竭尽全力，他决定离开太空动物园。他让巴德留下来，在任何可能出现的紧急情况下提供帮助。汤姆自己对C国人的下一次行动感到担心。

在外面的通道里，汤姆穿好了太空服等待着。没过多久，汉克用斥力波打开了滑动仪表板，汤姆进入了太空。

月球一直在快速地移动着。很快，他们就会再次暴露在太阳的照射下。这就意味着C国人的火箭飞船将会重新获得动力供给，能正常移动了。

返回到“挑战者”号后，汤姆发现机组成员们正焦急地等待着，想知道太空方舟上到底发生了什么事。他描述了方舟上的奇怪动物，他们那难以置信的感叹唏嘘声，让他不禁微微一笑。

“这次，我确信你是在开玩笑呢，老板！”乔·温克勒断言道。

汤姆咯咯地笑着，耸了耸肩膀说：“那就等着瞧吧。”

与此同时，他们所有人都对C国人的飞船感到不安，它就悬浮在他们的上面，像是命中注定等待着发生什么事一样。

“我们最好赶快采取行动，机长。”汉克建议道，“如果我们在周围拖延的时间太长的话，我们很有可能就会任由他们摆布了。”

汤姆皱起了眉头，若有所思地摩挲着下巴说：“我有一个主意，汉克。迄今为止，我们一直使用足够的排斥力使它们没有落回到月球上。让我们尝试着把排斥力调到最大。我们可能就会强行把他们推到暗影区域的那一边，远到超出伤害我们的范围。”

汉克和其他的人都觉得这是个很好的计划。“至少他们就不会离我们这么近，如果他们正计划着要对我们进行攻击时，我们也不会像个死靶子被击中。”汉克评论说。

汤姆操纵着控制设备，他把所有能调动的斥力能量对准C国人的飞船。让‘挑战者’号所有人高兴的是，敌人的飞船被排斥波束发出的力量向外推得很远！

“好！卑鄙的狐狸被打败喽！”乔欢呼着，“现在这儿星罗棋布的太空牧场是我们的了！”

其他人对这件事不是很确信，密切注视着敌人的飞船是否企图重新进行敌对行动。但是，几分钟之后，C国人突然调转他们的火箭，向地球飞驰而去。

汤姆深深叹了口气，说：“我想，你是对的，乔。看起来好像他们终于放弃了。”

汉克·斯特林赞同地说道：“你的斥力装置对于那些敌人来说，太厉害了，汤姆！也许他们甚至正在感激涕零，是你救了他们，使它们没有坠毁在月球上。”

“哼！”乔心存怀疑地哼了一声，“感激涕零？就他们那些卑鄙的畜生？想都别想。他们放弃了，那是因为汤姆是第一个到达太空方舟的。”

汤姆微笑着说：“这倒提醒了我——你们所有人都想看一看太空动物园，是吗？”

机组成员们怀着热切的心情，一个接着一个地去观赏这个奇怪的动物园。测试证明了滑动仪表板可以通过无线电的方式被轻松打开。

“刚才，C国人一定干扰了我们的信号。”汤姆推断说。

当乔终于看到微型恐龙的时候，脸上露出了异样的表情。“生病的角蟾龙！”他大声说道，“你的意思是说，你的外星朋友吃这些小动物？”

“我想是这样的。”汤姆咯咯地笑着说。

这个老牛仔打了个寒战，哆哆嗦嗦地说：“看到它们就够让人震惊的了。还是想想巴德吧，他说我做出来的调制品味道很不错！”

汤姆突然大笑起来。乔喜欢尝试做新奇的菜肴的事，在企业集团已经是个老笑话了。直到现在，当他研究动物的时间稍长一点的时候，厨师的眼中就会闪现出烹饪的兴趣。

“你是知道的，也许我又要急着下结论了，汤姆。”他若有所思地低声说，“要是配上合适的烧烤酱，这些小动物可能尝起来就不会那么——”

“好了，好了，乔。”汤姆戏谑地打断他，“在你灵光闪现，想到好点子以前，赶快回到‘挑战者’号上去吧。”

三位科学家在太空动物园守了整整一夜。24小时后，他们终于出来了，脸上露出了胜利的喜悦。

“你可以通知外星朋友了，动物们的治疗见效了。”费伯博士带着笑容汇报说，“三天内它们应该就可以准备返回自己的星球了。我们会给他们发送大量的疫苗。”

汤姆感激地攥紧了他们的手。“你们创造了奇迹！”他祝贺道。

一条密码信息被发送给外星朋友，接到信息后，他们发回信息表达感激之情。恰好三天之后，方舟突然开始移动。很快，它就飞驰而去，消失在遥远的太空空间。

汤姆羡慕地目送着太空飞碟。“看来我还有很长的路要走啊。”他慨叹道，“在我赶上外星朋友以前，先发明一艘远程控制的飞船。”

乔上前安慰他。“别担心，小子。你仍然是登上月球的第一个地球人。”厨师渴望地向外注视着巨大的地球，它就低挂在天空中，“我确信有点想地球了，让我赶快返回地球吧，汤姆！”

这位年轻的发明家也很愿意回去。他有几个想法需要在设计图纸上弄明白。有一天，他在实验室里仔细研究一个问题的时候，他突然想到这个解决方案是多么有价值。它可以解决具有挑战性的科学之谜，与接下来的《汤姆·斯威夫特和太阳能装置》有关。

汤姆拍了一下他的老朋友，乔的后背，说：“我也想地球了，乔。让我们返回陆地。也许一项新的冒险正在那等待着我们——我应该说出来吗？”